M. Leighton

Amor que não se apaga

Tradução
Ana Lima

1ª edição

Rio de Janeiro-RJ / São Paulo-SP, 2023

VERUS
EDITORA

Copidesque
Lígia Alves

Revisão
Marina Wendel de Magalhães

Título original
Wild Child

ISBN: 978-65-5924-132-3

Copyright © M. Leighton, 2012
Todos os direitos reservados.

Tradução © Verus Editora, 2022

Direitos reservados em língua portuguesa, no Brasil, por Verus Editora. Nenhuma parte desta obra pode ser reproduzida ou transmitida por qualquer forma e/ou quaisquer meios (eletrônico ou mecânico, incluindo fotocópia e gravação) ou arquivada em qualquer sistema ou banco de dados sem permissão escrita da editora.

Verus Editora Ltda.
Rua Argentina, 171, São Cristóvão, Rio de Janeiro/RJ, 20921-380
www.veruseditora.com.br

CIP-BRASIL. CATALOGAÇÃO NA FONTE
SINDICATO NACIONAL DOS EDITORES DE LIVROS, RJ

L539a

Leighton, M.
 Amor que não se apaga / M. Leighton ; tradução Ana Lima. - 1. ed. - Rio de Janeiro : Verus, 2023.
 (Wild ; 2,5)

Tradução de: Wild Child
Sequência de: Amor ardente
Continua com: Amor selvagem
ISBN 978-65-5924-132-3

1. Romance americano. I. Lima, Ana. II. Título. III. Série.

22-81207
CDD: 813
CDU: 82-31(73)

Meri Gleice Rodrigues de Souza - Bibliotecária - CRB-7/6439

Revisado conforme o novo acordo ortográfico.

Seja um leitor preferencial Record.
Cadastre-se no site www.record.com.br e receba informações sobre nossos lançamentos e nossas promoções.

Atendimento e venda direta ao leitor:
sac@record.com.br

Querido leitor,

Estou aqui para preparar você para a chegada de Rusty e Jenna. Eles finalmente terão sua própria história. Oba! A história se chama *Amor que não se apaga* e cronologicamente vai ficar bem aqui, entre o final feliz de Laney e Jake e o livro três da série. Essa é uma história bônus para os meus maravilhosos leitores, uma demonstração da minha mais profunda e humilde estima por todo o amor que vocês demonstraram por mim e por todos esses personagens maravilhosos. Eu nem consigo começar a explicar o quanto estou animada! Dá para perceber pelo uso exagerado de pontos de exclamação?

Para os que não leram *Amor indomável* (espero que vocês corrijam isso imediatamente *sorrisão*), Rusty e Jenna são os espirituosos melhores amigos de Trick e Cami, os personagens principais do primeiro livro. A atração entre os dois é imediata e de tirar o fôlego. Eles se encontram e soltam faíscas, mas nunca conseguimos ver para onde essas faíscas levam. Elas acertam a grama seca e começam um grande incêndio? Ou são levadas pelo vento até que se apagam? Bom, você está prestes a descobrir.

Foi fascinante escrever essa história. Jenna é tão vívida e cheia de coragem, é impossível não amá-la. Mas, neste volume da série *Wild*, eu pude enxergar a complexidade da sua personalidade e como pode ser difícil para alguém como ela realmente se soltar e amar. Principalmente com um cara como Rusty.

Rusty é selvagem, divertido e apaixonado, tudo de que Jenna gosta, mas ele tem um passado que o impede de dar a ela o que ela realmente precisa.

Rusty é arrojado e lindo, engraçado e destemido, mas também está quebrado — quebrado de maneiras que ele não percebe até ser confrontado com a possibilidade de perder o que lhe é mais caro.

Foi a luta que eles enfrentaram para se encontrar que me deixou caidinha por essa história. Às vezes, a vida te dá uma rasteira depois de outra e de outra e de outra, para saber se você vai conseguir continuar levantando. E, às vezes, você não quer. Mas pode ser que a última vez, a última vez que você se esforçou para ficar de pé e lutar pelo que você ama, seja a que mais vale a pena.

Vida e morte, amor e perda, altos e baixos — você vai encontrar tudo isso nessa história. Espero que goste da viagem tanto quanto eu gostei.

Boa leitura!
Michelle

1
Jenna

Maio

— Nada de sexo antes do casamento. Nem para mim e Trick, nem para você e Rusty — diz Cami.

De boca aberta, eu a observo desarrumando a mala. Ela está ficando comigo durante esse celibato ridículo que ela insistiu, com Trick, em seguir pelos dois últimos dias antes do casamento. Ela não disse nada sobre envolver minha libido nessa.

— O quê? — exclamo, enquanto ela amontoa alguns shorts em uma gaveta ao lado dos poucos pertences que eu trouxe de casa para passar o mês. Como acabei de me formar, não vim com muita coisa. Achei que não fosse precisar. Agora, vendo a porcaria toda que Cami traz numa viagem, estou feliz por não ter trazido mesmo. Não tem muito espaço para nós duas aqui dentro. — Nada de sexo para mim também? Que droga de piada de mau gosto é essa?

Ela ri.

— Eu sabia que você ia amar.

— Hum, com licença. Você *me* conhece?

— Eu sabia que você ia amar... quando te disse como isso seria bom para os meninos. Li um artigo sobre os benefícios da expectativa. Sexualmente falando. Mas então comecei a pensar que isso faria os caras sentirem a nossa falta, se não ficássemos tão... acessíveis. Que eles iriam nos admirar mais e perceber o quanto são sortudos por terem a gente. — Cami balança a cabeça devagar, expressivamente, até eu perceber aonde ela quer chegar.

— Ahhhh, acho que sei o que você está tentando explicar.

Cami sorri.

— Isso não quer dizer que não podemos provocá-los. E fazê-los desejar que nós estivéssemos mais... disponíveis. Mas não vamos estar. Até depois do casamento.

— Certoooo — digo, assentindo com ela.

— Mas você precisa ficar firme, Jenna. Nada de enfraquecer.

Já estou reconhecendo o mérito do plano dela e como ele poderia levar a coisas muito boas para mim e Rusty.

— Nada de enfraquecer — concordo. — A não ser que Rusty finalmente jogue a bomba e diga a frase com A. Se isso acontecer, vou pra cima dele como mosca na bosta. — Cami enruga o nariz enquanto me olha. — Certo, analogia ruim. Vou pra cima dele como abelha no mel. Melhor?

Sua sobrancelha relaxa.

— Bem melhor. — Ela alcança sua mala e de lá tira mais peças de roupa, e essas estão em cabides. Ela anda até o closet e começa a pendurá-las na parte vazia. — Então não houve nenhum progresso ainda?

Suspiro.

— Não. Sei que ele me ama. Bom, pelo menos eu *acho* que ele me ama. Mas é como se ele ficasse bloqueado quando toca nesse assunto. Ele simplesmente não cede nem fala.

— Bom, contanto que você saiba...

Sinto que meu lábio se curva num biquinho e não posso evitar.

— Mas não é o bastante. Eu *preciso* ouvir. Eu *preciso* ter certeza. Não posso ter nenhuma dúvida.

— Alguns caras simplesmente não são de se abrir dessa maneira, Jenna. Eu me jogo na cama, com os braços para fora, enquanto puxo a colcha. — Eu sei. Mas espero que Rusty não seja um deles. Você sabe como eu sou, Cami. Eu sou sincera. Não acho que eu possa viver a vida sempre imaginando que talvez eu estivesse errada, que talvez eu tenha imaginado, que talvez ele *não* me ame de verdade. Não do jeito que deveria, de todo modo. Não quero fazer planos para o futuro, planos que incluem Rusty, e...

O sobressalto de Cami me interrompe.

— Isso quer dizer que você conseguiu as entrevistas?

Não consigo não sorrir.

— Sim. As duas.

— Jenna, isso é incrível! Aimeudeus, é exatamente o que você queria!

— Eu sei! Mas agora você entende por que isso está me afetando? Eu não quero fazer planos para o meu futuro até saber em que lugar Rusty está. Quero dizer, ele já acha que eu sou do tipo que vai embora e isso só vai fazer ele pensar que tem razão.

— Do tipo que vai embora?

— Sim. Ele está sempre implicando comigo por ser inquieta demais para esta cidade, por ter planos que são grandes demais para ela. Eu nunca tentei esconder o quanto não gosto daqui ou que eu gostaria de viver numa cidade maior. Talvez Atlanta. Mas, às vezes, eu acho que ele nos vê como algo... temporário, por causa disso. Ele acha eu que sou do tipo garota rebelde que nunca vai sossegar.

— Você é uma garota rebelde, Jenna. Mas isso não é ruim. É quem você é. É o que nos faz te amar tanto.

— Mas isso não quer dizer que eu vá abandonar alguém que amo.

— Não, não quer. E tenho certeza que Rusty sabe disso. Lá no fundo ele sabe.

— Esse é o problema. Eu não tenho certeza de que ele sabe. O pai abandonou Rusty e a mãe quando ele era pequeno, e acho que isso fodeu com a cabeça dele.

Cami dá de ombros.

— Talvez, mas ele pode superar isso. Você pode mostrar a ele que está nessa para ficar, Jenna. Para ficar com ele, quero dizer.

Suspiro de novo.

— É o que estou tentando fazer. Mas, às vezes, eu simplesmente não tenho certeza de que vai ser suficiente. Talvez Rusty seja do tipo que vai embora. Talvez o medo dele sempre o impeça de se comprometer, de amar alguém como ele deveria amar. Como ele *poderia* amar. Mas é esse o problema. Eu preciso saber para seguir meu caminho, seja qual for a direção que vou tomar. Mas estou me cagando de medo de contar a ele sobre as entrevistas. E se isso o fizer se decidir? E se isso o fizer pensar que estou deixando *ele* e não deixando a cidade? E se...

— Ele vai mudar de ideia por sua causa, Jenna. — Cami me interrompe enquanto termina de pendurar suas roupas. Quando as peças estão todas arrumadinhas no armário, ela vem se sentar na cama comigo, me empurrando com o ombro até que eu olhe na sua direção. Eu a examino. — Por você. Confie em mim. Aquele menino te ama, não importa o quanto ele tente negar isso. Só dê a ele algum tempo.

— Estou tentando. Estou tentando.

— Viu? O meu plano é bom. Talvez ele perceba que não pode viver sem você. Que não quer nem mesmo tentar fazer isso.

— Eu esperava que ele visse isso ao longo de uma das muitas, várias semanas em que estávamos separados, enquanto eu fiquei na universidade, mas não está parecendo que ele tenha visto qualquer coisa.

Cami acaricia meu joelho.

— Mas agora você voltou para casa. E terminaram as aulas. Talvez ele perceba que gosta de ter você por perto. E como seria horrível se você conseguisse um emprego em Atlanta e não pudesse vir pra cá tanto quanto veio durante a faculdade.

— Espero que sim. Não posso esperar para sempre.

— Você não vai ter que esperar. Eu garanto.

Tomara que ela esteja certa.

Afastando os pensamentos deprimentes que estão ameaçando violar o bom humor da minha amiga, eu pulo da cama e puxo Cami para se levantar comigo.

— Vamos lá, sábia amiga mais velha, eu diria que o Fab Pai tem algo delicioso para nós na cozinha.

Nós duas nos referimos ao meu pai como Fab Pai desde sempre, pelo que consigo me lembrar.

— Deus, eu gostaria que o meu pai cozinhasse como o seu. E que fosse tão gentil quanto o seu.

— Mas daí ele não seria Jack Hines, seria?

Cami suspira.

— Não. E Deus proíba que eu tenha ao menos *uma* relação familiar que não me provoque indigestão pelo restante dos meus dias.

— Você e Trick são muito perfeitos. Deus deu aos dois drama suficiente em todos os outros âmbitos para deixar tudo quite. Ninguém tem a vida perfeita. A de vocês estava chegando perto pra caralho disso, é só... — solto quando entramos na cozinha.

— Olha a boca, mocinha. — É o meu pai, Chris Theopolis, me repreendendo do outro lado da bancada.

— Desculpe, papai — respondo, séria, mas fazendo graça.

— Então — ele conversa enquanto monta uma pilha de rabanada e bacon em dois pratos —, o que as minhas duas garotas favoritas estão aprontando hoje?

Observo enquanto ele despeja o seu xarope de pêssego caseiro sobre a torrada. Minha boca se enche de água em consequência.

— Ah, só coisas de menina. Coisas do casamento. Sabe, coisas *divertidas*.

— Isso vai ser bom para Jenna, Cami — diz meu pai, enquanto escorrega o prato até ela. — **Talvez a faça querer se acalmar para dar ao seu velho pai alguns netos.**

— Você não é velho o bastante para ter netos, papai.

— É claro que eu sou.

— Não aparenta.

— Se está puxando meu saco, começou muito bem.

— Eu sei. Herdei os seus maravilhosos e jovens genes *e* uma personalidade vencedora.

— Não vamos esquecer de uma dose dupla de humildade — diz meu pai, irônico.

— Como eu poderia me esquecer disso?

— Como poderia — diz ele, revirando os olhos. — Bom, isso deve dar a vocês duas energia suficiente para lidar com qualquer que seja o frenesi do casamento.

Olho de relance para Cami. Ela já comeu um pedaço e meio da torrada.

— Não precisa nos pedir duas vezes.

Papai me dá uma piscadinha e se inclina sobre a bancada para acariciar meu cabelo, como fez pelo tempo em que posso me lembrar. Uma das melhores coisas sobre voltar para casa é ele. Esta cidade não é exatamente o meu lugar favorito no mundo, mas há alguns pontos a favor. E dois deles estão na cozinha comigo agora. Se não fosse por eles, e por Rusty, é claro, eu provavelmente não voltaria nunca.

Rusty, penso, em dúvida, enquanto dou uma mordida na torrada. *A carta rebelde do meu futuro.*

2
Rusty

— Quem diabos inventou essa ideia ridícula? — pergunto.
Trick levanta a cabeça do capô de uma caminhonete Chevy 67.
— Difícil dizer. Eu apostaria na Jenna. Parece ser um dos planos maquiavélicos dela, você não acha?

Parando alguns instantes para pensar, tenho que concordar.

— Você provavelmente está certo. Ela deve ter lido em alguma revista ou algo assim que isso deixaria o sexo melhor, ou uma merda dessas.

— Parece muito com a Jenna. E, apesar de ser a favor da excelência no sexo, posso te dizer que da minha parte é desnecessário. Não acho possível que a nossa vida sexual fique melhor do que está.

— Aqui também. A Jenna é um furacão na cama.

Trick ri.

— Não estou surpreso. Meio que tenho essa impressão.

— Certo. Então por que diabos?

— Vai entender. São mulheres. Acho que nem Deus entende o que elas fazem às vezes.

— Caaaara — digo, estendendo o punho para Trick me cumprimentar. E ele o faz. — Não poderia concordar mais com você.

— É claro. Talvez Jenna queira te mostrar o que você está perdendo. Sabe, já que você é uma menininha quando o assunto é dizer o que sente.

— Não sou menininha, seu babaca! Eu e Jenna estamos no mesmo barco. Sabemos que ela não é do tipo que vai ficar por aqui.

— Não, ela não é, mas você sempre quis abrir uma oficina numa cidade maior perto daqui para restaurações de alto nível em carros clássicos. Qual é o problema, então?

Dou de ombros.

— Não tem problema. Jenna é inquieta. É como ela é. Às vezes, as pessoas vão embora, independentemente do quanto queiram ficar. Acredite em mim, a Jenna sabe disso.

— Cara, acho que você não conhece a garota nem metade do que diz conhecer. É isso ou você só está tentando perdê-la.

— Por que eu ia querer fazer isso?

— E eu sei? É você que está com problemas aqui.

— Problemas? Vai se foder. Eu não tenho problemas.

— É claro que não. É perfeitamente normal um cara ser tão molenga e não dizer para uma mulher como ele se sente e acabar dando tanto mole até perdê-la.

— Na verdade, provavelmente isso *é* perfeitamente normal. Isso faz parte de ter colhões.

— Ou *não* ter colhões.

— Cacete, você tá mal-humorado hoje. Qual o seu problema?

— Você acha que estou ansioso para dormir sozinho só porque a *sua* namorada pensou que seria um experimento legal?

— Ei, ainda não sabemos quem teve essa ideia infantil. Não culpe a *minha* namorada. Provavelmente foi a *sua* noiva. Você vai se casar daqui alguns dias, afinal de contas. Talvez haja algum tipo de superstição antiga sobre a qual a Cami leu.

Trick levanta a cabeça mais uma vez.

— Por que ainda estamos falando sobre isso?

— Porque as minhas bolas já estão doendo da abstinência, por isso.

Trick curva uma sobrancelha.

— Bom, então vamos ter que fazê-las sofrer até virem implorar para que essa idiotice acabe.

Abro um sorriso vagaroso e o vejo refletido no rosto do meu melhor amigo.

— Ah, sim, vamos mesmo.

Já estou gostando disso.

3
Jenna

Mal posso esperar que Rusty veja o que estou usando. Eu me vesti pensando especificamente em torturá-lo.

Cami e eu fizemos vários tipos de saladas e sobremesas pela manhã para levar até sua casa para o almoço. Não era algo comum, mas ela queria que Trick participasse de *tudo* com ela. Sendo assim, o chá de panelas agora conta com o noivo, e a despedida de solteira amanhã vai contar com os solteiros. Uma grande loucura, se quer saber o que eu acho. Mas ela não quer. Ela quer Trick participando de tudo, e quem sou eu para convencê-la do contrário? Além do mais, ela *deixou* que eu organizasse a despedida de solteira. Só isso valeu por centenas de outros compromissos.

Já são mais de dez carros estacionados na calçada da rua que dá na casa de Cami, mas alguém pôs um cavalete no lugar onde ela costuma estacionar. Eu chutaria que foi Trick, guardando um lugar para sua noiva. Não vou negar que me causa certa invejinha o que eles dois têm. Eu quero aquilo para mim. Com Rusty. Se ele chegar a esse ponto.

E é um grande *se*.

Eu saio e retiro o cavalete para que Cami possa estacionar. Não perdemos tempo e carregamos os pratos embrulhados em papel-alumínio para o quintal.

Olho ao redor enquanto andamos, mas não vejo Rusty em lugar algum. Ele e Trick devem estar fazendo algum trabalho viril lá dentro. Seja lá o que isso queira dizer. Se eu puder chutar, diria que estão entornando algumas cervejas na casa.

Cami e eu estamos arrumando os pratos sobre a mesa longa e coberta com toalha quando vejo a porta do pátio se abrir e Trick entrar. Sei que Rusty não deve estar muito atrás. E não está. Ele aparece em seguida, segurando uma cerveja, assim como Trick. Os dois estão rindo de alguma coisa. Eu me viro para vê-lo e espero seus olhos me encontrarem.

Quando acontece, sinto o calor daqueles globos azul-claros e sorrio ao vê-lo imóvel. Mesmo a distância, posso dizer exatamente em qual parte do meu corpo seus olhos pararam. Ele começa dos meus pés, observando minhas plataformas sexy de tiras. Então segue devagar pelas minhas pernas, fazendo-as formigarem. Posso ver o instante exato em que ele chega à bainha rasgada do meu short jeans. Quase consigo sentir seus dedos seguindo pela beirada da roupa e puxando o elástico da minha calcinha logo abaixo. Prendo uma coxa na outra para interromper a dor que começou no exato momento em que o vi. Não tenho motivo para provocá-lo se não poderei fazer nada com isso.

Seus olhos finalmente continuam a subir, passando pelo pedaço de pele exposto da minha barriga até a borda da camiseta e parando nos meus peitos. Vejo o peito dele subir e descer com seu inspirar profundo e meu mamilos endurecem. A boca de Rusty abre um pouquinho e eu imagino se ele consegue enxergar por baixo da camisa. Tenho certeza de que ele sabe que eles estão implorando pela sua boca.

Quando seu olhar encontra o meu, sei que estou certa. Seus olhos são labaredas azuis em mim. E meu corpo reage de acordo.

Bem devagar, ele anda na minha direção. Não consigo não me excitar enquanto observo a cena. Seu jeito de andar lembra o de um leão, espreitando sua presa. E eu adoraria ser a presa de Rusty. Que ele me perseguisse até me pegar, até me agarrar com as mãos e me segurar para então me devorar.

O que é isso, mulher! Você precisa parar de pensar assim!

O corpo de Rusty é quase tão familiar para mim quanto o meu próprio. Enquanto observo seu cabelo ruivo escuro, espetado para os mais diferentes ângulos; seus ombros largos, encobertos pela camiseta de algodão marinho e justinha; e o jeans rasgado que veste tão bem suas coxas, considero jogar no lixo o plano de Cami e pedir a Rusty que me leve lá para cima para que eu possa fazer mais alguns rasgos na roupa dele.

Porém, quando encontro seus olhos, não o faço. Vejo desejo ali, mas vejo também mais alguma coisa. Algo pelo que vale a pena lutar. Pelo menos enquanto eu conseguir não esperar mais. E é somente por isso que eu me limito a sorrir quando ele para na minha frente.

— Cacete, mulher. — Ele respira, inspirando tão profundamente que sinto seu peito encostar no meu.

Faço minha expressão mais inocente e pisco meus olhinhos para ele.

— O quê?

— Você se vestiu assim só pra mim, não foi?

Com os dedos, eu trilho o caminho descendente da clavícula até entre os seios, e depois a barriga.

— O que, esta roupa velha?

— Sim, essa "roupa velha" — diz Rusty, olhando para a esquerda e para a direita, e depois dando mais um passo na minha direção. Posso sentir suas coxas contra as minhas. E sinto também a crescente protuberância entre elas. — Essa camisa que faz as palmas das minhas mãos coçarem de vontade de tocar nos bicos do seu peito — diz, enfiando a mão pela bainha da blusa, o dorso da mão encostando na minha barriga. — E esse short, que é tão curto que eu poderia escorregar meus dedos aí para baixo — continua, abaixando uma das mãos, que quase acaricia a parte interna da minha coxa.

— E sentir essa sua calcinha molhada.

Estou sem ar. Já. E sei por experiência própria que só vai piorar. Rusty faz comigo o que ninguém mais no mundo consegue fazer.

— O que te faz pensar que ela tá molhada?

— Porque eu conheço você, gata. Sei que você vestiu essa calcinha pensando em mim a arrancando. Eu sei que, agora mesmo, você está desejando que eu leve você lá para cima e então puxe essa calcinha devagar pelas suas pernas para que eu possa... fazer coisas com você.

— Talvez você esteja certo — sussurro. — Mas nós dois sabemos que isso não vai acontecer, então não importa.

— Você vai ficar tão infeliz quanto eu por causa disso.

— Talvez.

Rusty abre um sorriso.

— Talvez não. Vai. Vou cuidar para que aconteça.

Eu levanto uma sobrancelha.

— É mesmo? Bom, então vamos nessa. Ponto para você, gatinho.

— Ponto para mim, com certeza.

Com uma piscadela que faz minhas entranhas derreterem, Rusty me contorna e me dá um tapa na bunda antes de passar por mim, seu ombro encostando no meu mamilo dolorido. Fecho os olhos por um instante, pensando se isso realmente me dói *mais* do que dói nele.

Eu desabo em uma das almofadas fofas da cadeira do pátio.

— Uau! Estou feliz por ter acabado.

Ouço Cam suspirar. Ela está sentada no sofá, com as pernas cruzadas embaixo do corpo, se inclinando na direção de Trick.

— Eu também. Foi cansativo!

— Mas pelo menos não foi constrangedor. Eu tinha certeza que o presente do Rusty seria um balanço erótico e você teria que explicar o que era para a sua mãe.

— O que tem o Rusty? — Rusty pergunta, aparecendo à porta e chegando ao pátio.

— Eu estava contando aos dois que imaginei que você compraria pra eles alguma coisa como um balanço erótico.

Ele sorri e vem se sentar na cadeira do meu lado.

— Por isso eu queria comprar o presente sem você. Queria te mostrar que eu posso ser menos ogro às vezes.

— Então você está dizendo que o frigobar e a adega foram só por *sua* causa?

— Eu não disse *isso*.
— Aha! Eu sabia!
— Olha, eu sou homem. É claro que primeiro pensei num balanço erótico. Mas imaginei que uma certa senhora puritana de cabelo azul pudesse ter um ataque cardíaco quando ele fosse desembrulhado. Ou que o pai de Cami pudesse me bater.
— Eu teria prazer em deixar o Jack te bater depois de um presente desses.
— É claro que você deixaria, imbecil! Mas nem mesmo *eu* amo você tanto assim.
— Bom, acho que você fez um excelente trabalho, gato — cantarolo para Rusty.
— Bom o bastante para ganhar algum tipo de recompensa? — pergunta ele, levantando as sobrancelhas para mim.
Espero alguns segundos.
— Claro. O que você tinha em mente? — Sei exatamente o que ele tem em mente, mas quero ouvir da sua boca. Mesmo que não possamos fazer nada, continuo gostando de ouvir o que passa pela cabeça dele.
— Que tal darmos um mergulho pelados?
Eu me animo imediatamente. Parece não apenas legal e refrescante, mas também divertido. Um divertido bem quente.
— Vamos nessa — digo, ficando de pé. — Vocês dois vêm? — pergunto para Cami.
Ela olha para Trick e sorri.
— Sim, acho que vamos.
— Vamos? — pergunta ele.
— Se você quiser me ver com menos roupa do que estou agora, então, sim, nós vamos.
— Tô dentro — Trick responde, entusiasmado. Nós quatro rimos.
Seguimos todos pelo jardim, banhados pela brisa quente e pela luz fraca do luar. Parece uma noite perfeita para alguma sacanagem, o que vai fazer com que seja ainda mais difícil não... ceder. Mas acho que Cami tem razão. Acredito que será uma boa maneira de fazer Rusty enxergar o que está perdendo. Talvez ele perceba que não quer ficar longe de mim. Vale a tentativa, de todo modo. Rusty vale várias tentativas.

Seguimos em fila indiana conforme caminhamos pela mata. Ouvi Cami falar do lago que havia na propriedade da família, e que ela e Trick *amavam* visitá-lo. Mas nunca estive lá. Quando uma clareira se abre entre as árvores, um lago cintilante e o mais absoluto silêncio são revelados. Entendo por que é o lugar favorito deles. Seria o meu também.

Cami e Trick vão para um lado. Mal consigo ouvir seus sussurros ou as risadinhas de Cami de onde eu estou. Há privacidade suficiente para todos sem causar nenhum... problema.

Quando sinto a palma de uma mão roçar na minha bunda e Rusty surge do meu lado, paro de pensar em qualquer outra pessoa a não ser ele.

— Precisa de alguma ajuda com isto aqui? — Rusty pergunta, correndo a mão pela minha cintura conforme anda para ficar à minha frente.

— Acho que vou precisar. Esse zíper às vezes é um horror — digo, com uma falsa seriedade.

— Humm, imaginei — diz ele, chegando mais perto de mim de novo. Posso sentir o calor irradiar do seu corpo como se não houvesse absolutamente nada entre nós: nem roupa, nem ar, nem separação emocional. Apenas... calor. — Mas é melhor começarmos com a sua camisa. Não quero me emaranhar nela enquanto estiver trabalhando nesse zíper com defeito. — Sob a luz baixa, seus olhos parecem ser pretos. As pupilas dilatadas se sobrepondo ao azul das íris.

— Vou confiar no seu julgamento — respondo, o coração já acelerado.

— Levante os braços — ordena ele, em voz baixa, os olhos fixos nos meus.

Obediente, levanto os braços e espero. Rusty me observa por vários segundos antes de pressionar as palmas das mãos na minha cintura para depois deslizá-las para cima, acariciando minhas costelas, os polegares provocando meus mamilos enquanto ele puxa a camiseta. Fecho os olhos por um instante, enquanto ele corre as mãos pelos meus braços, trazendo minha blusa. Quando Rusty remove a peça gentilmente pela minha cabeça, abro novamente os olhos, mergulhando no desejo que vejo em seu olhar.

— Obrigada. — Respiro.

— Agora é a vez dessa coisa irritante. — Ele brinca ao escorregar um dedo pela alça do meu sutiã. — Tenho certeza que pode atrapalhar.

— Com certeza — concordo, me esforçando para me lembrar do meu objetivo antes de me perder no momento.

Rusty dá a volta e abre o fecho do meu sutiã com um único movimento dos dedos. Ele passa as mãos pelos meus ombros e as desce pelos braços, removendo as alças no mesmo gesto.

Vejo seus olhos tremeluzirem. Meus mamilos ficam mais duros quando o ouço prender a respiração, com o maxilar travado. Sei que ele quer tocá-los. Ele ama o meu corpo. Ele já me disse milhares de vezes o quanto venera cada centímetro dele. Mas dessa vez terá de amá-lo a distância. Ainda que essa distância seja curta.

— Meu short — peço, sabendo que estou perigosamente perto de ceder ao meu desejo de tê-lo.

O olhar de Rusty volta a encarar o meu. Ele não se mexe. Nem fala. Apenas me observa. Sei que ele está lutando para não me tocar. E eu deixo.

Por fim, ele fica de joelhos e alcança o cós do short. Com cuidado, ele desabotoa e depois abre seu fecho. Rusty não me toca a não ser quando se inclina o suficiente para pressionar os lábios na borda superior da minha calcinha.

O calor chega ao meu âmago e o meu corpo lateja de vontade de ele me beijar mais embaixo. E mais. Entretanto, ele não faz nada. Com o rosto tão próximo que posso sentir sua respiração, Rusty puxa o short pelas minhas pernas e depois faz o mesmo com a calcinha.

Quando estou parada à sua frente, vestindo nada além dos sapatos e da paixão que sinto por ele e que parece nunca abrandar, ele me encara. Por alguns instantes, penso que acabou. Xeque-mate. Ele vai me beijar e eu vou deixar. Mas ele não o faz. Em vez disso, Rusty fica de pé, devagar, e diz:

— Sua vez.

Eu tiro os sapatos, respiro fundo e enrosco os dedos na bainha da camiseta de Rusty. Puxo, deixando que minhas mãos toquem sua pele firme e macia enquanto o faço. Posso sentir cada gominho do seu abdome, cada protuberância firme do seu peitoral, mas não cedo ao meu desejo de encostar a boca ali.

Fico na ponta dos pés para puxar a blusa dele pela cabeça. Ele é mais alto do que eu, então preciso balançar levemente na sua direção para ficar alta o bastante. Meus peitos roçam nele e fico sem ar. Não consigo evitar. A sensação da sua pele encostando nos meus mamilos me atravessa como um raio, quente e eletrizante.

— Jen-na — avisa ele, impaciente.

— Desculpa. — Eu arfo. Jogo sua camisa para o lado e fico de joelhos na frente dele. Alcanço o botão do jeans. Me interrompo quando estou com os dedos por dentro do cós da sua calça e olho para ele. Sua expressão é impassível, e o maxilar está travado. Sei que isso é duro para ele. E, quando deixo meu olhar desviar para baixo, vejo o inchaço que me garante o *quanto* isso é duro para ele. Impulsivamente, chego para a frente e deixo minha boca encostar ali. Eu o ouço gemer e seus dedos correm até o meu cabelo, me segurando contra ele por alguns segundos antes de ele empurrar minha cabeça.

— É melhor você se apressar ou isso tudo vai acabar — diz ele, rouco.

Dou um sorriso para ele.

— Não consegue aguentar?

Ele abre a boca para dizer alguma coisa, mas para, travando os dentes num clique. Ele me observa por um instante antes de os lábios se curvarem num sorriso.

— Vamos ver quem não aguenta o quê — responde, cruzando os braços. — Continue.

Ele está se blindando para não me desejar, o que me faz querer provocá-lo ainda mais. Eu *quero* acabar com ele. Eu *quero* que ele se entregue porque não aguenta. Eu *quero* que ele abandone todo o resto por mim, porque me deseja, porque me ama. Isso é tudo que eu sempre quis de Rusty: devoção. O mesmo tipo de devoção que eu tenho por ele.

Com determinação, sorrio olhando para Rusty e abro o botão do seu jeans. Alcanço o zíper e puxo, roçando na sua ereção. Ignoro o latejar entre minhas pernas. Isso tem a ver com ele.

Passo as mãos pela cintura dele e as escorrego até a bunda, puxando para baixo a calça jeans enquanto acerto a parte de trás das suas coxas, deixando que meu queixo arranhe sua barriga quando volto a encará-lo.

Com os olhos brilhantes, Rusty me observa. Sinto que ele muda quando tira os sapatos e deixa para trás o jeans, agora aos seus pés. E então ele espera. Espera que eu termine.

Percorro com os dedos a parte externa das suas pernas e brinco com o fundo da sua cueca, tocando alto o bastante para sentir a dobra em que o quadril encontra as coxas. Noto a contração por trás do algodão branco.

Tirando as mãos dali, alcanço mais em cima para pegar o elástico da cueca e puxar, liberando com cuidado sua flecha, antes de tirar a peça pelas suas pernas. Quando ele a tira, eu me seguro em suas coxas para levantar. Quando minha boca passa pela sua ereção, estico a língua e a arrasto pela veia grossa que vai da base até a ponta.

Ouço-o rosnar e sorrio, enquanto me endireito na sua frente.

— Pronto?

— Para mergulhar com o diabo pelado no rio? Claro — responde ele, um sorrisinho surgindo no rosto.

Com uma velocidade que uma cobra invejaria, Rusty se inclina e me joga sobre seu ombro. Dou um grito de surpresa e deleite quando ele sai correndo em direção à água e pula da margem, e nós dois mergulhamos no lago fresco e escuro.

4
Rusty

Horas se passaram e eu não consigo dormir. Cami e Jenna pediram que eu ficasse com Trick durante esse período forçado de celibato. Acho que um deve tomar conta do outro, garantindo que nenhum dos dois trapaceie com alguma visita noturna. E provavelmente é uma boa ideia, porque, se já houve uma noite em que eu escalaria uma árvore para chegar até Jenna pela janela de Cami, a noite era esta.

Somente pensar na risada de Jenna enquanto brincávamos na água, somente a lembrança dela me envolvendo com seus braços e pernas e pressionando os lábios frios nos meus, somente saber que o seu corpo firme e quente estava a centímetros do meu pau tão duro como cimento... bem, é o bastante para manter um homem acordado à noite.

Com um rosnado, tiro as cobertas e saio pisando duro pela sala até a cozinha. Tenho que rir quando encontro Trick sentado na bancada, no escuro, com uma cerveja.

— Que foi, cara? — diz ele, quando acendo a luz.

— Se não vamos dormir, vamos beber. Agora vá buscar o fardo de cerveja que está lá embaixo. Vamos precisar de muito mais do que tem na geladeira. Temos um bocado de sangue quente pra esfriar.

— A semana vai ser longa, né?

— Ah, vai, sim!

Nós dois suspiramos, e Trick desce a escada. Vou até a geladeira e tiro as cervejas que estão geladas para liberar espaço para as demais. Calculo que vamos tomar isso em menos de uma hora.

Balanço a cabeça ao pensar novamente em Jenna. Não sei o que essa garota está tentando fazer comigo, mas, se incluir morte por extremo tesão, ela está no caminho certo.

5
Jenna

Passa da hora do almoço, e Rusty povoa os meus pensamentos ainda mais que o usual — o que já é muito. Essa coisa toda de ver-mas-não-tocar (ou pelo menos não tocar tanto) está acabando comigo. Mas de um jeito muito bom. Qualquer que seja o motivo, eu me sinto mais próxima de Rusty, como se estivéssemos dividindo uma piadinha particular. Na verdade, acho que estamos. Uma piada particular que é uma preliminar definitiva. E nenhum dos dois sabe quanto vai aguentar até se entregar.

Entretanto, flanar entre esses momentos tortuosamente doces já é bem divertido.

— Então eles *vão* nos encontrar lá, certo? — pergunto a Cami, que está sentada no banco do passageiro do meu carro, mexendo no telefone.

— Sim! Pela milionésima vez, sim! Eles devem chegar até uma e meia da tarde.

— Certo — digo, com um sorriso. Cami imediatamente volta sua atenção para o celular e digita alguma coisa com fúria. — Que diabos você tá fazendo?

Cami levanta a cabeça e ela me olha, culpada, protegendo o celular contra o peito.

— Nada. Por quê?

Fico sobressaltada.

— Sexting! Você está trepando por mensagem!

— Não estou não!

— Você está! Nem se incomode em esconder. Suas bochechas estão pegando fogo e suas pupilas estão *imensas*!

Cami dá um sorriso.

— Estão mesmo?

— Aimeudeus, vocês dois são horríveis!

— Você fala como se não fizesse isso.

— Eu não mandei uma única mensagem assanhada desde que você me disse o que nós iríamos fazer com esse lance de ficar sem sexo.

— Sério? Estou impressionada.

— Você deveria realmente ficar impressionada, sua empata-foda maltrapilha!

— Empata-foda maltrapilha? — Ela ri.

Eu também.

— Não tenho ideia de onde eu tirei isso. Está vendo o que a falta de sexo está fazendo comigo?

— Eu calculei que você já teria cedido. Não faz o tipo celibatária.

— Nem você. Pelo menos não é do conhecimento de Trick.

O sorriso dela se alarga.

— Ele faz com que seja terrivelmente difícil viver sem.

Meu suspiro fica melancólico quando as partes... talentosas de Rusty vêm à minha mente.

— Um homem com magia dentro da calça deve ser amado.

Às 13h22, Cami e eu estamos estacionando o carro em frente à loja Crazy Clown Costume Shoppe, em Summerton. É a cidade menos insignificante mais próxima da nossa cidade natal: Greenfield, na Carolina do Sul. Descemos e andamos até a porta, ambas parando para observar o boneco de papelão de pé na calçada como se fosse um orgulhoso e bipolar sentinela na entrada da loja.

O sujeito está usando uma peruca vermelha felpuda e um nariz vermelho molenga, o rosto está pintado de branco com um imenso sorriso preto pintado ao redor da boca. Da cabeça para cima, é um palhaço. Mas, para baixo, a história é outra. Está com uma gravata-borboleta de stripper, algemas como as de Conan, o Bárbaro, uma cueca com uma tromba de elefante exatamente no lugar correspondente e calça de couro para arrematar. É uma fantasia muito mal resolvida.

— Meu Deus, por favor, espero que você não tenha escolhido nada disso para Trick — declara Cami, quando nos aproximamos da porta, o que interrompe meus pensamentos.

Dou risada.

— Bom, não tudo isso.

Ela me olha do canto do olho esquerdo e eu sorrio tão angelicalmente quanto alguém como eu pode sorrir. Um som metálico ecoa quando passamos pela porta. Uma drag queen nos cumprimenta de perto da caixa registradora.

— Bem-vindas, senhoritas — diz ela, no que mais parece um balbuciar.

Suas roupas são bastante femininas — vestidinho de paetê rosa, um boá preto de plumas, meia arrastão preta, plataformas de poá —, e a peruca lisa cor-de-rosa também combina.

— Sou Loretta. Posso ajudar?

— Sou Jenna. Liguei alguns dias atrás a respeito de fantasias que pudessem ser combinadas.

Loretta joga as mãos para cima, e a boca se abre de animação.

— Ah, garota! Estava te esperando. Não vejo a hora de mostrar o que separei para os rapazes.

Com as plataformas e tudo o mais, Loretta corre na minha direção e me pega pela mão para me levar até os fundos da loja. Rapidamente alcanço Cami pelo punho. Se eu for, ela vai.

Os fundos da loja estão tomados por araras e mais araras de metal. Loretta não para até chegarmos ao canto traseiro mais à direita, de frente para uma arara embaixo de um cartaz escrito THEOPOLIS.

— Já separei dois ou três tamanhos diferentes para todas as fantasias que você pediu. Eu trouxe tudo aqui para trás com as meninas para que ficassem arrumadinhas. É a única coisa que eu gosto de deixar arrumada na vida — diz, com uma piscadela e uma cutucada no meu ombro. — Elas vão do G até o GGG. Eu sei como esses meninos do interior podem ser largos. — Ela balança as sobrancelhas comicamente e bate com delicadeza no meu ombro. Eu rio com vontade.

— Bem, você sabe como são os homens daqui — digo, constatando o óbvio. — A maioria é bem rude.

— Hummm, adoro os rudes — diz Loretta, com uma risada diabólica.

— Agora, vocês vão ficar com quais fantasias? Esperem! Não me digam. Vou adivinhar.

Como a expert que obviamente é, Loretta descreve com exatidão o que eu imaginei para nós duas usarmos.

— Caramba, Loretta, você é boa! — falei, abismada.

— Garota, eu tenho uma loja de fantasias. Tenho um olho bom para o nosso monstro interior — diz, com confiança.

— Bom, dois dos rapazes devem chegar daqui a alguns minutos. São os dois que vão dar mais trabalho com as fantasias. Você sabe como são os homens teimosos...

Loretta revira os olhos.

— Ahammm, sei bem.

— Então decidimos encenar um showzinho para os dois, talvez assim eles fiquem mais... colaborativos.

Os olhos de Loretta se acendem.

— Ah, um desfile de fantasias? Estou dentro!

— Pensei em algo mais... reservado.

Loretta sorri.

— Não que eu não curta o que você tem em mente, mas a loja está aberta ao público.

— Ah, não é reservado desse jeito. Estava pensando em mostrar só para os meninos. Sabe, deixá-los um pouco mais animados em relação a se fantasiar. Vendo a gente se fantasiar.

— Ahhhh, entendi aonde você pretende chegar. Pode ligar os motores. Vamos começar. Garota, eu gosto do que você está pensando. E acho que o vestiário nos fundos vai funcionar bem para isso.

Ouço o som metálico da entrada e perco um batimento cardíaco. Tem que ser os dois chegando.

Loretta uiva de excitação.

— Devem ser eles. Vão lá para trás, meninas — diz, apontando para uma porta com cortina. — São duas salas separadas que vocês podem usar para experimentar as roupas. Srta. Theopolis, vá para a direita. Querida, você à esquerda — diz, falando com Cami. — Vou levar a arara inteira lá atrás e pegar os seus convidados. — Seus olhos são claros e brilhantes. É fácil ver que ela realmente ama seu trabalho. E homens. Homens do interior.

— Parece bom — digo, segurando Cami pela mão. — Vamos, mulher. Temos uma sessão de tortura para praticar.

Antes de desaparecermos, enquanto Loretta ainda pode me ouvir, sussurro alto o suficiente:

— Loretta! A ruiva é minha.

Ela concorda com a cabeça e pisca. No caminho da cabine, Cami e eu estamos sorrindo.

6
Rusty

Duvido que muitas coisas no mundo fossem me surpreender mais do que uma loja de fantasias com tantas roupas eróticas. Acho que minha boca ainda estava aberta quando a drag queen que nos recebeu nos empurrou para os fundos da loja em direção a uma cortina onde Jenna e Cami estavam nos esperando. Em algum lugar.

— Sou Loretta — diz ela, se apresentando. — Vou ser seu cicerone na exibição desta tarde. Posso oferecer alguma coisa para os meninos beberem?

Trick e eu nos entreolhamos, depois olhamos para ela e balançamos a cabeça.

— Não, obrigado.

— Tudo bem, então. Você pode se sentar aqui — diz Loretta, me direcionando para uma cadeira vermelha aparentemente confortável, que fica de frente para um cubículo privativo fechado por uma cortina de veludo preto. — E, você, venha comigo — diz para Trick, desaparecendo num canto. — Vamos começar esse show. — Ouço ela dizer quando estão se afastando.

Estou sentado na cadeira me sentindo um bobão, quando, em alguns minutos, ouço um ruído vindo da caixa de som. A música me cerca um pouco antes de as luzes do ambiente diminuírem e um spot de luz surgir para iluminar a cortina grossa de veludo.

Eu reconheço a música. E a letra. Se chama "You Can Leave Your Hat On" e é uma das antigas, meio burlesca. Cria um clima, só não sei bem para quê.

Até que vejo a cortina se mexer.

Ela se abre só o suficiente para que eu veja um joelho na fresta. No ritmo da música, a perna se estica. As curvas estão cobertas por uma meia arrastão, presa por uma cinta-liga. No pé um sapato de salto extremamente alto. A cortina se abre mais, e Jenna sai da cabine devagar.

— Ah, merda. — Respiro, subitamente encalorado pela ideia da fantasia. Jenna sorri e então, timidamente, morde a ponta dos dedos, me observando através dos olhos semicerrados.

— Eu acho que estou tendo problemas em encontrar a fantasia certaaaa. Estou procurando alguma coisa... sexy. O que você acha desta? — pergunta ela, os lábios levemente curvados, suficiente para ficarem sugestivos. Deixo meus olhos percorrerem a roupa dela. Jenna usa um bustiê rosa e preto, mas os peitos estão praticamente pulando para fora, e uma coisinha com babados parece ser a calcinha. E a meia arrastão. E é isso.

— Vestiu bem? — ela pergunta docemente, esfregando as palmas das mãos nos peitos inchados. — Parece um pouco... apertado. — Antes que eu possa responder, ela escapole para minha cadeira e se vira, olhando para trás na minha direção. Ela balança a bunda o bastante para capturar minha atenção. — Como ficou atrás?

Olho para o rosto de Jenna. Vejo diversão em seus olhos. E calor. Ela está brincando comigo, mas está se divertindo também. Sempre amei isso nela.

— O caimento está bom, mas e o tecido? — pergunto, esticando a mão para tocá-la. Antes que meus dedos encontrem seu corpo, entretanto, ela se endireita e começa a se afastar.

Para na entrada do vestiário, sorrindo para mim.

— Me deixa experimentar mais uma. Talvez outra coisa seja mais... do seu agrado.

Quando a cortina se fecha, eu reclino a cabeça e fecho os olhos. Faz um tempo que não passo vergonha em público. Se a tarde vai ser assim, talvez eu deva começar a pensar em beisebol. Ou na Margaret Thatcher. Nua. Num dia frio.

Porém, antes que eu consiga conjurar uma distração mental, ouço a cortina abrindo. E então tudo o que ouço é a música. E o retumbar das batidas do meu coração nos meus ouvidos.

Abro os olhos para encontrar Jenna de máscara numa fantasia de gatinha de couro preto, com um zíper brilhante, que vai do pescoço à virilha. Ela vem até mim desfilando dessa vez, batendo um chicote de couro preto na palma da mão.

Jenna para em frente ao lugar onde estou e levanta uma das pernas para colocar um pé com salto stiletto no braço da cadeira. Com as pernas abertas, eu observo enquanto ela arrasta o chicote coxa acima, parando apenas ao roçar o V, o que faz minha boca aguar.

— O que você acha desta?

Olho para o rosto dela. Posso ver o brilho em seus olhos, me observando por trás da pequena máscara. Ela estala o chicote entre as coxas. Vejo que seus lábios se abrem, como se ela tivesse arfado, mas não ouço. Talvez Jenna esteja fazendo isso para me torturar, mas também está aproveitando bastante.

Estou prestes a tirar o chicote da sua mão para mostrar como *eu* poderia usá-lo com ela quando Jenna dá meia-volta e retorna para a cabine. Meus olhos estão grudados na bunda dela. Meu sangue bombeia pelo corpo a cada rebolada exagerada que ela dá.

Enquanto espero, embora eu tente, não consigo pensar em beisebol ou idosas britânicas peladas. Penso apenas em Jenna. E o que ela deve vestir em seguida. E como eu queria estar lá dentro enquanto ela se troca.

Quando a cortina se abre pela terceira vez, Jenna surge com um vestidinho branco e uma cruz vermelha sobre o seio esquerdo. O decote vai até o umbigo e, se ela se mexer direitinho, eu provavelmente vou conseguir ver seu mamilo. Os sapatos são vermelhos. Ao redor do pescoço, há um estetoscópio também vermelho.

Ela começa a vir na minha direção de novo, mas, antes de me alcançar, ela para, pegando o estetoscópio do pescoço. Ela o deixa pender em seus dedos por alguns segundos antes de jogá-lo para trás no chão.

Com os olhos imensos arregalados, ela enruga os lábios e diz:

— Ooops! — E cobre a boca com a mão, num gesto que daria orgulho a Betty Boop. Depois, em câmera lenta, ela gira nos saltos vermelhos e se abaixa para pegar o aparelho.

Quando o vestido curto sobe e fica acima dos quadris, vejo a curva da sua bunda e uma sombra entre as pernas dela. Cacete, ela está sem calcinha!

Não lembro em absoluto de onde estamos nem que eu deveria me manter longe dela. Simplesmente me levanto e vou até Jenna. Ela me afeta dessa maneira. Ela me consome. Às vezes por inteiro.

Ela grita, surpresa, quando a pego na vertical e giro seu corpo. Puxo Jenna contra o meu corpo e levanto o dedo até seus lábios.

— *Shhhhh* — murmuro, empurrando-a de volta para o vestiário de onde ela acabou de sair.

Uma vez lá dentro, puxo a cortina e fecho. A música segue tocando, e ando ao redor de Jenna para aliviar o zíper daquela roupinha. Ela respira pesadamente, sinto quando meus lábios se aproximam. Ela está ofegante.

Eu desço o zíper e depois tiro o vestido pelos seus ombros, descendo até a cintura. Ela não está de sutiã por baixo também; a roupa é decotada demais para comportar um. Gentilmente, apalpo um dos seus seios fartos, esfregando minha mão calejada no mamilo. Jenna abre a boca e eu a lembro mais uma vez.

— *Shhhhhh*.

Puxo o bico do seu peito, e abro um sorriso quando ela afunda os dentes no lábio inferior. Inclino a cabeça e chupo um mamilo enquanto empurro a fantasia para além dos seus quadris. Deixo-a cair no chão aos pés de Jenna.

A respiração dela está irregular enquanto vou beijando-a até a barriga. Segurando na parte de trás dos seus joelhos, eu a empurro para que ela encontre equilíbrio quando trago seu pé do chão até o meu ombro, deixando-a aberta para mim.

Dou um beijo na parte de trás da sua coxa antes de escorregar a boca até a carne sedosa e molhada entre suas pernas. Vou pincelando com a língua uma vez, e inspiro.

— Deus, estava sentindo falta disso. — Sinto que Jenna estremece quando deixo exalar um ar morno e molhado sobre ela. Baixando sua perna devagar, eu me endireito para ficar à sua frente. — Senti sua falta.

Os olhos de Jenna estão pesados, os lábios trêmulos.

— Mas eu estou bem aqui. Sempre estive bem aqui.

— Ainda assim, eu não posso ter você, posso? — Ela me observa com as íris cor de avelã, mas não diz nada. Fico imaginando se está pensando o mesmo que eu. — Vamos para casa. Antes que eu cometa um crime aqui.

— Não me deixe te impedir — responde ela, baixinho.

— Ah, não. Quando finalmente chegar a hora, quero você gritando o meu nome. Mais de uma vez. — Com um sorrisinho que sei que vai deixá-la louca, eu me afasto da cortina, dizendo um pouco antes de fechá-la: — Só se lembre disso quando eu te encontrar hoje à noite.

Vou sorrindo por todo o caminho até a porta. O engraçado é que Trick já está do lado de fora, me esperando.

7
Jenna

Quando entramos no Lucky's, o único lugar em que Cami concordou fazer essa despedida de solteira/solteiro, meus olhos imediatamente escaneiam a multidão à procura de Rusty. Não sei se existe um equivalente feminino para ficar com aquilo roxo, mas, se existe, é como eu estou!

Desde que saí da loja com os três e ganhei um beijo casto de Rusty na bochecha, quando ele abriu a porta para mim, fiquei incapaz de pensar em qualquer outra coisa que não fosse o beijo dele. E no quanto eu queria os seus lábios. Agora.

Não o vejo de primeira, então Cami e eu seguimos até o aglomerado de mesas que Daryl, o gerente do Lucky's, nos deixou juntar embaixo do cartaz gigante onde está escrito PARABÉNS, TRICK e CAMI! Atrás dele, em frente ao palco, há uma cortina que peguei emprestada da funerária local. Ela é usada como divisória quando necessário. É bem grande, preta e opaca, e grossa pra caramba, perfeita para o que eu preciso. Esconde as duas grandes atrações da noite.

Abro um risinho quando pego as fantasias dos convidados da festa, que já chegaram. Separei exatamente o que combinava.

Uma das madrinhas de Cami está usando uma roupa de coelhinha da Playboy. O marido usa um smoking estilo Hugh Hefner, gravata e peruca grisalha. Outra menina está fantasiada de enfermeira, roupa que me provoca calafrios só de ver, porque me faz lembrar da tarde. Seu parceiro está vestido de cirurgião. No recinto, há também uma Pocahontas e um bandeirante, Marylin e JFK, Pamela Anderson e Tommy Lee.

Enquanto Cami distribui abraços, eu me viro mais uma vez para procurar Rusty. Desta vez eu o vejo.

E ele me rouba o fôlego.

Rusty é lindo de qualquer maneira, mas sua fantasia destaca seu corpo espetacular. Ele está sem camisa, só com uma bandana ao redor do pescoço, e um chapéu de caubói na cabeça. Da cintura para baixo, ele é todo pernas compridas e musculosas, jeans justinho e botas surradas. Tenho certeza de que elas são dele, porque não escolhi botas para essa fantasia.

Ele ainda não me viu, então posso olhar bastante. Seus ombros largos estão bronzeados e musculosos. O peito é amplo e bem torneado. E o abdome... socorro, Deus, eu amo aquele abdome! É esbelto e definido, e tem uma camada fina de pelos que levam do umbigo até um mais que incrível... membro.

Sorrio ao pensar nisso. Rusty provavelmente teria um infarto se soubesse que eu estava chamando de "membro".

De repente, ele se vira e seus olhos encontram os meus. É quase como se conseguisse sentir minha atenção. Ele levanta uma sobrancelha escura, sem dúvida imaginando por que estou sorrindo. Deixo o sorriso se alargar, sabendo que isso vai consumi-lo até ele perceber.

Não fico surpresa quando ele pega sua cerveja e vem na minha direção. Ele está na metade do caminho do bar ao desacelerar o passo. Parece que agora só está notando a minha roupa.

E eu diria que ele está gostando bastante.

Encolho a barriga e estico os braços antes de pôr as mãos no quadril para que ele olhe. Os olhos de Rusty vão vagando do meu chapéu de caubói para o meu top de camurça com franjas até minha barriga nua e a calça completamente aberta, mostrando a calcinha mínima de babados que estou usando por baixo, até chegarem às botas.

Sua boca abre um pouquinho e eu sinto meu coração acelerar. Não tenho dúvidas de que, se estivéssemos sozinhos, ou num lugar diferente, Rusty me pegaria pela mão, me levaria para o primeiro lugar semiprivado que encontrasse e enterraria seu corpo no meu até perdermos a capacidade de pensar com clareza.

É o que fazemos. É o que provocamos um no outro.

E é maravilhoso.

Ele retoma sua caminhada na minha direção. Cami passa na sua frente, e ele observa, balançando a cabeça com a fantasia dela. É um conjunto de couro de dominatrix, e Trick usa a peça do submisso que combina com ela. Vejo que ela cruza com Trick e rio alto quando ele se vira para vê-la. Trick ficou de queixo caído, e eu posso apostar que teve uma ereção instantânea. Eu não ficaria nem um pouco surpresa se eles usarem essas roupas novamente. Na intimidade.

— Então, qual é a próxima surpresa do Mundo dos Casamentos Maravilhosos de Jenna?

— Você está dizendo que as fantasias não foram o bastante? — pergunto.

— Você não gosta da minha? — Levanto o olhar semicerrado pelos cílios, propositalmente recatada ao brincar com a franja pendurada no meu sutiã.

— Eu ficaria feliz em mostrar o que acho da sua fantasia. Mais tarde.

— Ficaria?

— Hummm — ronrona ele, se inclinando para beijar meu pescoço. Meu braço fica todo arrepiado.

— Bom, já que estou sem limites, talvez as outras coisas que eu preparei façam você parar de pensar em mim. E em todas as coisas que eu gostaria que você fizesse comigo vestindo esta roupa. — Eu me inclino na direção de Rusty, meus lábios ficam a alguns centímetros dos dele, e sussurro: — E sem ela.

— Você é demoníaca. Sabia disso? Você provavelmente vai para o inferno por fazer isso comigo.

Percorro os dedos do seu peito nu até o queixo, depois delineio seu lábio inferior com minha unha pintada de vermelho.

— Venha para o inferno comigo.

— Vai na frente — rosna ele, rouco, como se o calor entre nós dois tivesse atacado suas cordas vocais.

Planto a mão em seu peito e o empurro. E lhe dou o meu sorriso mais atrevido.

— Talvez mais tarde — digo, dando um passo para trás. — Ou talvez não.

O hálito de Rusty sai silvando pelos dentes trincados, e eu rio gostoso. Quem imaginou que isso seria tão divertido? Com certeza, torturante. Mas divertido, de todo modo.

8
Rusty

Nunca imaginei que seria tão difícil manter as mãos longe de alguém. É claro que, na verdade, nunca havia tentado. Tudo o que posso dizer é que, quando eu finalmente estiver entre as pernas compridas de Jenna, vai acontecer uma explosão de proporções épicas.

E serei o único a provocar a explosão.

Enquanto observo Jenna, percebo o convite no modo como ela se move. Ela poderia estar se deslocando ao meu lado, perto o bastante para que eu pudesse tocá-la. O que ela faz com os quadris e com as mãos, o modo como se inclina com aquele traseiro delicioso apontado para mim... tudo aquilo é para mim, como se ela pudesse sentir que meus olhos estão nela. Como se ela *quisesse* sentir minhas mãos nela.

Sei disso porque ela continua olhando para trás, só para ter certeza de que estou olhando. Me provocando. Eu poderia apostar que a calcinha de babados dela está molhada. Estamos entretidos num grande jogo de gato e rato, que está mantendo os dois com tesão.

Observo Jenna enquanto ela olha na direção da cortina esticada na metade do cômodo. Sei que lá atrás há um palco, mas deve ter alguma outra coisa. O espaço que ela escondeu é amplo!

— Parece que estamos perdendo alguma coisa aqui, não é mesmo? — pergunta Jenna, levantando a voz para que o restante da festa pudesse ouvi-la.

Gritos são ouvidos por todo o salão, e ela sorri, pegando um bom pedaço da cortina e arrastando até a linha improvisada que foi marcada pelo espaço. Devagarinho, a ponta de um colchão grosso preto e vermelho se revela. É tudo o que eu consigo ver, porque é bem escuro atrás da cortina.

Com um floreio, Jenna puxa de vez a cortina. Um único feixe de luz surge, iluminando um touro mecânico preto e sem graça. A plateia vai à loucura.

Só consigo pensar em Jenna montando aquele negócio.

— Puta merda, a noite vai ser longa — murmuro sozinho.

Jenna está sorrindo de orelha a orelha.

— Certo. Agora, que eu tenho a atenção de vocês, quem vai ser o primeiro a subir no touro? Temos que dar alguma utilidade para essa coisa antes que o condutor desanime e vá para casa — diz ela, gesticulando na direção do senhor entediado sentado na banqueta num canto, inclinado sobre um console. Ele provavelmente veio com o touro. Acho que talvez esteja dormindo sob a imensa aba do seu chapéu. Não sei ao certo. — Vamos lá, seus manés. Quem vai montar aqui e cavalgar essa coisa primeiro?

Ecoam muitos gritos, assobios e falação generalizada, mas ninguém dá um passo à frente. Posso ver diversas pessoas tentando convencer Trick a ir primeiro, mas ele está resistente, satisfeito por estar sentado ao lado da sua noiva gostosa.

Na confusão, ouço o nome de Jenna uma vez, duas, depois diversas. Em alguns segundos, todos estão cantando para que ela monte no touro.

Com um balançar exasperado de cabeça, ela se vira na direção do touro.

— Certo, vou mostrar como se faz. Mas detesto fazer todos vocês ficarem mal na fita. — Ela provoca, com um sorriso presunçoso.

Acordado e alerta no fim das contas, o senhorzinho sai do banco e vai mancando até Jenna para lhe dar a mão e ajudá-la a subir no touro. Quando ela está sentada na sela larga de couro, eu a vejo enrugar a testa.

— Está faltando alguma coisa — divaga ela, alto, parando um instante antes de gritar: — Música!

As luzes do palco se acendem numa explosão colorida. De pé com seus instrumentos, enquanto um está sentado na bateria, estão os integrantes da Saltwater Creek, banda em que eu costumava tocar. Dou uma conferida em Trick. Ele está uivando, feliz, com os braços levantados. Ele também tocava com a gente. Trick me vê e sorri. Sei que isso provavelmente faz a noite dele ser bem melhor. Sorrio de volta e depois olho de novo para o palco.

— Ainda falta alguma coisa — Jenna grita. — Ah, já sei! Vamos precisar de mais um baixo.

Rostos começam a virar na minha direção, e finalmente olho para onde Jenna está sentada, em cima do touro. Ela está olhando diretamente para mim, sorrindo. Inclina a cabeça em direção ao palco e eu olho para ele também. Todos da banda me observam, sorrindo, e Sam, que toca baixo, está tirando a alça do instrumento do ombro. Ele anda até a beira do palco e segura o baixo para mim. Deixar a banda não foi fácil, mas foi a decisão certa. Os negócios na oficina estavam melhorando e era questão de amadurecer e assumir minhas responsabilidades: construir as bases para o meu futuro ou tocar com os caras.

A vida adulta ganhou.

Mas ter um chance de voltar ao palco ainda tem seu encanto, e Jenna sabe disso.

Não consigo esconder meu sorriso enquanto subo na plataforma e pego a guitarra. Sam gesticula com a cabeça para mim e eu retribuo, vestindo a alça de couro pelo ombro e pegando a palheta da mão que ele mantém esticada. Mantenho a palma da mão no corpo da guitarra e envolvo o braço dela com os dedos, ajeitando-a contra minha pele para sentir o metal frio.

Olho para Jenna, e seu olhar me diz que estou no topo do mundo ali. Me faz lembrar de todas as coisas que amo em relação a ela e que nada têm a ver com o seu corpo, mas com seu coração e sua alma. Ela dá uma piscadinha e faz uma pergunta que funciona como um pedido por uma música.

— Quem está a fim de fazer amor?

Um grupo barulhento, praticamente todos que estão no bar, gritam em concordância, então fecho os olhos e procuro na memória pelas notas da canção. Por alguns segundos, todos se calam e o mundo desaparece enquanto esperam que eu comece a tocar os acordes. Com o primeiro, eu me lembro de como gosto de sentir as cordas sob as pontas dos dedos.

Depois de oito batidas, o restante da banda me acompanha. Abro os olhos e procuro por Jenna. Ela tira o chapéu e balança a cabeça, o cabelo escuro brilhando nas costas delicadas. Quando ela põe novamente o chapéu, seus olhos encontram os meus e ela pisca pra mim por trás da aba. Eu poderia facilmente largar a guitarra, pular do palco e jogá-la em cima daquele touro para comer de sobremesa. Mas, antes que eu possa realmente terminar de imaginar isso, ela procura pela alça de couro e pede ao operador que ligue o brinquedo.

A rotação começa devagar, como se o condutor estivesse tentando se manter no ritmo da música. O corpo de Jenna se movimenta no tempo perfeito. É como se tudo entre nós e ao nosso redor estivesse em sincronia.

É quase doloroso vê-la cavalgar aquele maldito touro. Suas costas arqueiam a cada pinote da máquina, e os quadris giram com fluidez, como se ela estivesse conectada ao bicho. Suas bochechas estão rosadas, os lábios levemente partidos, e posso ver a ponta da língua roçando seus dentes. Espero que ela esteja pensando no que eu estou pensando — que melhor do que isso só se *eu* estivesse entre as pernas dela.

O operador aumenta a velocidade, e o corpo de Jenna se desloca e balança no ritmo. Com clareza, imagino nós dois em frente a um espelho, e Jenna se movendo daquele jeito em cima de mim. Para cima e para baixo no meu pau, as coxas engatadas ao meu redor, seu corpo macio me apertando.

Meu jeans fica mais justo. Conforme a música desacelera e o condutor diminui a velocidade do touro, Jenna desvia o olhar para mim. O olhar que ela me lança diz que ela sabe o que eu estou pensando. E eu murmuro de novo:

— Ah, merda. A noite vai ser longa.

9
Jenna

Depois de ficar cheia de tesão diante de Rusty me encarando sobre o touro, preciso manter a compostura pelo restante da noite. Eu o desejo tanto que dói.

Mas fico comportada. De algum modo, consigo me manter firme conforme o calor se intensifica. Minha missão é fazer o desejo ser tão penoso para Rusty quanto é para mim. E, a cada vez que olho para ele, sei que está funcionando um pouquinho mais. A braguilha do jeans está esticada até o limite do tecido, provavelmente. Não consigo esconder o sorriso satisfeito que toma meu rosto quando penso nisso.

Olho de relance para Rusty enquanto ele observa outra menina montar o touro. Como se percebesse meu olhar e meus pensamentos, ele vira os olhos azuis brilhantes para mim. Pisco de volta de um jeito safado e ele levanta uma sobrancelha.

Eu me obrigo a sair depois disso. Estou tentada a ir pedir mais uma dose quando ouço o barman tocar a badalada que sinaliza o último round.

Resisto ao impulso, porque parte do meu trato com Daryl ao fazê-lo nos "emprestar" o Lucky's esta noite foi que eu fecharia o lugar e voltaria bem cedinho para estar aqui quando o caminhão viesse buscar o touro mecânico. A última coisa de que eu preciso é estar de ressaca enquanto tento proteger um bar que não é meu.

Menos de uma hora depois, a luz da casa pisca três vezes seguidas e as luzes do palco são desligadas — é a minha deixa para começar a enxotar as pessoas dali. Felizmente, a banda parou de tocar uma hora atrás, então ninguém mais está se importando com o palco.

Quando o bar não tem mais ninguém além do senhor que opera o touro, eu lhe entrego cinquenta dólares de gorjeta e peço que saia também, trancando a porta em seguida para que eu possa dar a volta, desligar as luzes e ir para casa.

Encontro os interruptores para desligar todas as luzes do lugar com exceção de uma, a que fica sobre a pista de dança, que esta noite foi ocupada pelo touro mecânico. Vou para trás do bar, procurando por um botão escondido. Olho no pequeno depósito e na sala de descanso nos fundos. Não acho nada. A única coisa que encontro lá atrás é o rádio, que tem um aviso grande escrito DEIXE LIGADO, mas nenhum interruptor de luz. Decido verificar do outro lado do prédio, em algum lugar próximo ao palco, esperando encontrar os controles.

Quando dou a volta e retorno para o bar, paro de repente, com um sobressalto no peito. Tem alguém sentado em cima do touro.

Só fico assustada por alguns segundos, entretanto. Minha pulsação acelera por um motivo totalmente diferente quando reconheço a figura montada na máquina.

É Rusty. E ele está me observando.

Meus pés se movem devagar pela sala de encontro a ele. Meu coração bate selvagemente contra as costelas. Minha boca fica seca conforme absorvo sua presença.

A aba larga do seu chapéu de caubói lança uma sombra em seu rosto. E, ainda assim, eu consigo sentir os olhos brilhantes de Rusty fixos em mim. A luz que cai sobre seus ombros acentua cada pedacinho de músculo em seus braços e banha seu abdome perfeito e definido com uma luz suave e dourada. Suas mãos grandes repousam nos quadris, imóveis. Arrepios descem pelos meus braços quando olho para aqueles dedos compridos, lembrando com clareza do prazer que eles podem proporcionar.

Respiro fundo.

— O bar está fechado, senhor — digo casualmente, conforme me aproximo.

Ele não responde de imediato. Quando o faz, sinto um calor dentro de mim.

— Achei que pudesse dar uma voltinha antes de você fechar. Perdi a minha vez mais cedo.

Meu estômago se contorce com a insinuação. Ele está me convidando. Diretamente. E segue imóvel enquanto espera a resposta.

Ajustando minha trajetória, desvio para a direita e ando até o púlpito que tem os controles do touro. Olho para o console em que vi o homem mexendo mais cedo. Olho de volta para Rusty, sabendo que, se eu ligar a máquina, estou lhe dando minha resposta.

Minha pausa é tão longa quanto uma pulsação antes que eu possa alcançar e ligar o botão vermelho. Dane-se ter que resistir a ele! Não sou eu quem vai se casar!

— Você quer devagar? — pergunto, provocantemente, enquanto a música abafada do rádio só deixa o momento mais intenso.

— O mais devagar que você conseguir — responde ele, um sorriso perverso retorcendo os lábios.

Ajusto bem pouco o controle, o suficiente apenas para ouvir que o motor da máquina foi ligado. Com um rosnado, o touro se mexe devagar para a frente e para trás, dando uma volta preguiçosa no lugar. Rusty não se mexe, mas seus quadris se movem conforme cavalga com naturalidade o touro mecânico. Quando ele dá uma volta completa, e Rusty fica virado para mim, noto um quase imperceptível inclinar da sua cabeça.

— Você vem?

Não respondo. Não preciso. Saio detrás do console e caminho até Rusty, uma resposta por si só. A expectativa se derrama dentro de mim quando eu piso no tapete grosso e preto, e paro na base da máquina.

Sem dizer nada, Rusty estende as mãos. Sem dizer nada, eu as seguro.

Com facilidade, ele me puxa para cima do touro, minhas costas pressionadas contra seu peito, seu corpo firme me envolvendo.

— Ponha as mãos aqui — sussurra no meu ouvido, enquanto se inclina para me mostrar onde.

Faço como ele pede, a excitação revirando meu estômago. Sinto Rusty afastar meu cabelo do pescoço antes de seus lábios tocarem minha pele. Meus mamilos enrugam num reflexo.

— Você sabe o quanto eu desejei estar aqui em cima com você esta noite? — Ele pressiona o quadril contra minha bunda. Posso sentir como está duro, tanto quanto eu imaginei que estaria. — Vendo você arquear as costas — diz ele, descendo com os dedos pela minha espinha e me fazendo inclinar para a frente. A mão dele sobe até o fecho do meu sutiã, que com facilidade seus dedos abrem. Devagar, ele desliza a palma da mão até o meu pescoço, depois pelo meu ombro, sem parar até que encosta na ponta do meu dedo, e tira meu top. — Fiquei imaginando como seus mamilos estariam duros se eu os estivesse tocando enquanto você cavalgava esse touro.

Ele pega cada um dos meus seios com a mão, e aperta. Meu fôlego fica preso na garganta e um calor encharca o meio das minhas pernas.

— Sei que você estava desejando que eu também estivesse aqui em cima com você. Eu podia ver isso a cada rebolada sua — murmura ele contra meu pescoço, os dedos de uma das mãos traçando círculos ao redor dos meus mamilos enquanto a outra navega para baixo, no meio da minha barriga. — E sei que, se eu pudesse ter tocado você naquele momento, eu teria encontrado isto aqui úmido — sussurra, mergulhando a mão fundo na minha calcinha e pegando minha carne em chamas. — Hmmmm, assim mesmo.

As luzes giram ao meu redor, emolduradas pelo breu do bar vazio. Fecho os olhos, me entregando ao momento, à sensação que Rusty me provoca com o que está fazendo à medida que enfia um dedo dentro de mim.

Dou um gemido e deixo a cabeça cair para trás, encostando em seu ombro. Com o indicador e o polegar, ele enrosca meu mamilo enquanto mete os dedos da outra mão para dentro e para fora do meu corpo. Movimentos demorados e profundos, como o ritmo do touro.

— Eu sabia que você estaria pingando. Vendo que eu te olhava. Desejando que estivesse cavalgando no meu pau bem aqui em cima desse touro. Fantasiando com você gozando para mim. Na frente de todas aquelas pessoas. Eu sei que você ia gostar, não ia?

Preguiçosamente, ele tira os dedos lá de dentro para brincar com meu clitóris, girando-o devagar. Mexo os quadris contra ele, sem ar, conforme a tensão familiar cresce em mim.

Sinto Rusty se afastar antes de pôr as mãos na minha cintura e me levantar, me virando sobre o bicho para que eu fique de frente, mas não por cima dele.

A expressão em seu rosto é voraz quando ele tira meu chapéu, e o lança para a escuridão.

— Você acha que tem alguém lá fora agora, Jenna? No escuro? Vendo a gente pelas janelas?

Seus lábios caem sobre os meus e não tenho tempo de responder. A língua roça a minha enquanto as mãos passeiam pelos meus peitos e minha barriga, costas e quadris. Ele está me tocando em todos os lugares, exceto onde eu mais preciso que toque.

Quando desencosta a boca da minha, Rusty pousa a palma da mão entre meus seios e empurra devagar, insistindo para que eu me deite. Relaxo na cabeça do touro, deixando que os movimentos lentos e agradáveis da máquina determinem o ritmo do que está por vir.

Rusty arrasta a mão pela minha barriga e não para até chegar à junção entre minhas coxas totalmente arreganhadas. Sinto que ele afasta minha calcinha para o lado, e há uma pausa que dura uma vida. Ela está repleta de calor, eletricidade e uma ansiedade selvagem. E então sinto sua língua quente me lamber.

Primeiramente, dou um pinote, como faria o touro abaixo de mim. Mas então relaxo sob sua boca, deixando minhas pernas caírem para os lados da máquina, abrindo-as mais e dando a Rusty acesso total ao meu corpo. O sangue subiu à cabeça, me deixando um pouco tonta, e sinto que meus músculos se contraem quando Rusty põe dois dedos dentro de mim. Tirando e colocando, ele os move conforme a língua treme sobre minha carne sensível.

— Fico imaginando se tem alguém me vendo chupar você, vendo a minha língua enquanto eu faço isso — diz ele, tirando os dois dedos para substituí-los com a língua. Ele trabalha ela bem ali, me penetrando o mais fundo que consegue, seus lábios encostando nas minhas partes mais sensíveis. Quando ele se afasta para chicotear meu clitóris de novo, chupando-o rapidamente, perco o fôlego.

— Rusty — consigo dizer, apesar das luzes que giram e do prazer que me deixa tonta.

— Aposto que todos os homens neste bar estavam desejando ter um pedacinho de você esta noite, desejando provar esse seu gozo doce com a língua. Mas eu sou o único que pode te provar — diz, a vibração das suas palavras viajando pelos seus lábios e estimulando minha carne vibrante.

— Rusty, por favor.

— Por favor o quê? — pergunta ele. — Por favor para eu te comer na frente de qualquer um que possa estar olhando? Ou por favor para te colocar por cima e você cavalgar em mim até gozar no meu pau e nesse touro aqui?

Não consigo *pensar* com ele me *falando* esse tipo de coisa. Não consigo *respirar* com ele *fazendo* esse tipo de coisa comigo. Só consigo *sentir*. E eu sinto desejo, desejo pelo corpo de Rusty. Me inundando. Me esticando. Me levando ao extremo.

E eu preciso dele agora.

— Por favor — repito, com falta de ar.

A mão de Rusty me abandona por alguns instantes. Mas logo ele está enrolando minhas pernas ao redor da sua cintura, me ajeitando para ficar na vertical e descendo meu corpo na direção da sua ereção grossa e dura.

Dou um grito. Não consigo evitar. Nada jamais pareceu tão perfeito. Ou mais correto.

Nossos gemidos de prazer se misturam, não sei distinguir os dois sons. Sei apenas que não há sensação melhor do que a de Rusty dentro de mim. Ao meu redor. Comigo.

As mãos dele estão no meu cabelo conforme ele mexe meu corpo para baixo e para cima nele, mais e mais fundo a cada pinote lento do touro. Estremeço quando ele põe meu mamilo na boca e chupa com força com a língua.

Jogo o chapéu dele para longe e passo os dedos pelo seu cabelo, segurando-o contra mim enquanto ele move seu corpo contra o meu.

— Espero que alguém esteja vendo quando você gozar em mim, Jenna — diz ele, rouco, enquanto puxa minha cabeça para trás e afunda os dentes no meu peito. — Eu quero que alguém veja a minha boca nesses biquinhos. Eu quero que alguém veja o seu belo corpo cavalgando no meu pau. Eu quero que alguém veja os meus dedos penetrando esse cu delicioso.

E assim ele se inclina para trás e flexiona os quadris, os dedos indo para a minha bunda. Caio com tudo em cima dele, aproveitando cada centímetro. Com uma única metida, explodo numa avalanche de sons mudos e luzes borradas. Meu corpo convulsiona no dele, apertando-o com força, envolvendo. Rusty pressiona seu quadril contra o meu antes de me levantar e me fazer cair de volta nele uma, duas, três vezes.

O corpo dele fica rígido sob o meu e eu abro os olhos um pouquinho, a tempo de vê-lo jogando a cabeça para trás. Ele solta um rosnado que faz meus nervos tremerem. E depois sinto o pulsar quente do seu clímax, jorrando dentro de mim. Sinto dentro de mim, à minha volta, enquanto o tremor do seu corpo vibra no meu íntimo.

Ainda arrebatada pela sensação, caio em cima de Rusty e nós balançamos devagar, no ritmo do touro. Depois de alguns longos minutos, com nada além do som da nossas respiração e a música de fundo, Rusty abaixa a cabeça para me olhar.

— Nunca mais tire isso de mim — diz, baixinho.

— Nunca me peça para fazer isso — respondo. Enquanto observamos um ao outro, a luz reluzindo nos ângulos do rosto de Rusty e a ternura se derramando das profundezas dos seus olhos, uma onda de emoção me toma. — Eu te amo — murmuro.

Rusty não diz nada. Os olhos procuram os meus enquanto ele se afasta um pouco para acariciar minha bochecha com os dedos. Quando finalmente sua mão segura minha nuca, ele me puxa ao seu encontro e captura meus lábios num beijo. O beijo é doce. Profundo. Enigmático. Quer dizer *alguma coisa*. Só não sei ao certo *o quê*.

10
Rusty

Abro com facilidade a porta destrancada da casa de Trick. Espero que ele já esteja na cama, descansando das milhares de doses de Pátron e de suas, sem dúvida, bolas inchadas, antes do casamento de manhã. Fecho a porta devagar.

— Você é o pior melhor amigo de todos! — murmura ele, da escuridão.

— Puta que pariu! Você me deu um baita susto!

Sem as luzes acesas, eu mal consigo discernir a silhueta de Trick sentado na bancada no centro da cozinha. Vejo seu braço se mover quando ele vira uma garrafa. Está bebendo. De novo.

Não transar faz isso com um homem!

— Você não acha que deveria largar a garrafa e dormir um pouco? Tenho certeza que precisa estar apresentável quando a Cami subir no altar para encontrar você.

— Vai se ferrar, cara! Estou tentando controlar a libido para honrar o pedido da minha noiva, diferentemente de *certas* pessoas.

— Ei, cara, não sou eu quem está casando. Nem sei como eu e Jenna acabamos nos metendo nisso.

— Porque são os nossos melhores amigos. Vocês deveriam fazer isso para dar apoio moral.

— Eu *estava* te dando apoio moral.

— Então onde você estava nas últimas duas horas?

Rio abafado.

— Caramba, demorou tanto assim?

— Seu cachorro — grita Trick, ficando de pé. — Você estava com a Jenna!

— Achei que fosse sobre isso que estávamos conversando.

Trick acende a luz da cozinha e vejo que está sorrindo.

— Eu estava só te dando corda, cara. Não achei que você fosse sucumbir tão rápido. Você realmente *não* consegue ficar longe daquela garota, hein?

Eu não tinha pensado dessa forma.

— Não tenho a mesma motivação que você tem. Não sou *eu* quem vai se casar. Além do mais, você tem o resto da sua vida para comer sua mulher. O meu tempo com a Jenna é bem mais limitado.

— Essa é uma escolha sua, idiota.

— Não é uma escolha. É como as coisas são.

— Só porque ela tem entrevistas não quer dizer que ela vai aceitar um dos empregos. E também não tem nada segurando você aqui. Nada dizendo que você não poderia estar com ela em outro lugar.

Sinto como se tivesse levado um soco nos dentes. Ou no peito. Jenna tem entrevistas. E ela não me falou nadinha sobre isso. Realmente não sei o que dizer. Pela expressão de Trick, posso dizer que ele sabe que interferiu. Se ele não estivesse bêbado, não teria me contado, e eu jamais ficaria sabendo. Até que ela já tivesse ido embora.

Por que ela esconderia isso, entretanto? Ela estava simplesmente planejando ir embora sem me dizer nada? Porque isso não é o tipo de coisa de Jenna. Ainda que eu esperasse que ela fosse embora — eventualmente —, não imagino que pudesse fazer dessa maneira.

Ainda assim, ela não me contou. Por um motivo.

— A Jenna está apaixonada por você, idiota.

— Às vezes, o amor não basta.

Trick balança a cabeça.

— Tanto faz. Quer uma cerveja?

— Não — digo, me sentindo cansado de repente. — Acho que vou me deitar.

Trick termina a cerveja dele.

— É, eu também. Amanhã o meu sofrimento vai chegar ao... seu explosivo fim.

— Muita informação, cara! — murmuro enquanto me afasto. — Muita informação.

11
Jenna

Passar a manhã inteira sendo generosamente paparicada, esfoliada, polida, massageada, arrumada e vestida com sua melhor amiga no dia do casamento dela é ridiculamente divertido. E as lembranças da noite anterior, com o corpo rígido de Rusty comigo num touro mecânico, só deixam meu humor mais leve.

Assim que estamos o mais perfeitas possível depois de passar por mãos de profissionais, mudamos para uma sala imensa cheia de espelhos para no vestirmos. Entro no meu vestido, fecho o zíper e giro na frente do espelho.

— Você é a melhor amiga que alguém pode ter — digo a Cami.

— Eu sei, mas o que aconteceu para você dizer isso logo agora? — pergunta ela, com um sorriso malicioso.

— Somente a melhor amiga do mundo escolheria uma paleta de cores para as roupas do casamento que combina tanto com ela quanto com a sua amiga, mesmo elas sendo polos opostos. — O tom do cabelo de Cami é ruivo escuro, ela tem olhos azuis e pele bem branquinha, enquanto o meu cabelo é preto, os olhos são escuros e a pele morena. Devem existir umas dez cores entre um milhão que ficariam boas em nós duas. Mesmo assim, Cami escolheu uma dessas dez para o possível dia mais importante da sua vida.

Ela dá de ombros.

— Eu não poderia ter você toda apagada parada lá em cima comigo, não é mesmo?

Ela pisca, mas sei que o gesto nada teve a ver com a sua escolha. Ela simplesmente é esse tipo de pessoa: que cuida, que presta atenção, altruísta. Mesmo no dia do seu casamento.

O vestido azul-royal combina muito bem comigo. Minha pele reluz como bronze, meus olhos brilham como gotas de ônix, e meus lábios precisaram apenas de uma leve camada de brilho vermelho. E o vestido é divino. A modelagem lápis faz minha cintura parecer bem fina, meu bumbum bem redondo e meus peitos estão chegando no queixo. E, acima de tudo isso, há o meu penteado sexy: cachos escuros puxados para o alto, e alguns caindo para encostar nos meus ombros. De modo geral, mal posso esperar para Rusty me ver.

Depois da minha confissão a noite passada, sinto uma necessidade de impressioná-lo. Mais pela minha autoestima do que por qualquer outra coisa.

Enquanto estamos sendo guiadas para fora do cômodo em direção ao meio-fio, vejo o rosto familiar da mãe de Trick, Leena, pairando acima de um grupo de meninas dando risadinhas. Olho para a esquerda para encontrar Cami, só que ela não está mais ao meu lado. Eu me viro para vê-la, imóvel, encarando Leena.

— Venha — digo, voltando para pegá-la pela mão. — É o seu casamento. Você consegue. — Seus olhos arregalados se viram na minha direção, e eu posso ver que ela não está convencida. — Você venceu. Lembre-se apenas disso. Você. Venceu.

Puxo sua mão, deixando-a vir atrás de mim conforme seguimos para a limusine. As outras meninas entram e, antes que possamos fazer o mesmo, Leena começa a vir na direção de Cami. Começo a soltar a mão da minha amiga para entrar no carro e dar às duas alguma privacidade, mas ela me segura com mais força, me implorando para ficar. E eu fico.

Leena chega e não dá a Cami chance de dizer nada.

— Cami, eu não estou tentando estragar o dia do casamento nem estou tentando deixar a sua vida mais difícil aparecendo aqui assim. Eu só... eu só queria falar com você antes. Sem o Trick. — Ela faz uma pausa, e posso ver que inspira profundamente, como se estivesse reunindo coragem para fazer algo que não quer fazer. — Eu amo o meu filho mais do que você pode imaginar, mas ainda não estou pronta para conviver com a sua família. E não sei se um dia isso vai mudar. Estou me esforçando para ver você apenas por você, Cami, e não pelos erros da sua família. E por isso eu quis vir hoje. Me desculpe por não ter vindo aos demais eventos. Eu não achei que pudesse estar perto... de todo mundo por tanto tempo assim. Eu quero fazer parte da sua vida, parte da vida do meu filho e da vida dos meus netos, mas não posso prometer muito mais do que isso agora. Só saiba que eu estou tentando. E que estou aqui pelo Trick. — Ela para, desviando o olhar novamente. — E por você.

Cami põe as mãos sobre a boca e fecha os olhos. Vejo seus dedos tremendo. Não consigo imaginar o que ela está sentindo. Mas, em sua defesa, ela se recupera rapidamente, baixando as mãos e segurando agora as mãos de Leena.

— Obrigada, Leena. Eu aceito o que você puder me dar.

Leena olha para cima, nitidamente desconfortável, dá um sorrisinho para Cami e depois se afasta, gesticulando para a limusine.

— É melhor você ir.

— Você não vem com a gente?

O sorriso de Leena é mais sincero desta vez.

— Não é lugar para uma senhora, muito menos para a mãe do noivo. Vá você. Aproveite. Aproveite o seu dia.

Cami dá um sorriso doce e concorda com a cabeça antes de virar os olhos brilhantes para mim.

— Pronta?

As lágrimas estão escorrendo pelas suas bochechas, e ela não está tentando impedi-las. Mas sorri. Ela não precisa dizer, mas seu casamento será perfeito agora. Isso era tudo o que ela precisava para ser a noiva mais feliz do planeta. E estou feliz que tenha conseguido. Estou feliz que Trick tenha conseguido também. Sei que isso é um peso para ele bem maior do que tem admitido. Eu assinto, engolindo o nó de emoção que se forma na minha garganta conforme entramos no banco de trás do carro.

A viagem até a igreja é bem animada. Nós cantamos, rimos e provocamos Cami sobre o presente pervertido que escondemos no porta-malas juntamente com suas bagagens. Já que não houve uma despedida de solteira de verdade, algumas meninas se encarregaram de montar para Cami um kit de sobrevivência para noivas, em vez disso. É uma caixa de lembranças forrada e cheia de velas e loções. Só que nela há também tinta corporal comestível, calcinhas eróticas abertas e mais algumas coisas criativas, algumas das quais precisam de bateria. Em resumo, é uma caixa cheia de bobagens que vai dar ao rosto de Cami uns oito tons de vermelho quando abri-la na frente de Trick.

— Talvez ele bata em você por ser uma garota tão malvada, Cam — brinco.

— Aimeudeus, Jenna. — Ela já está ficando de um tom que, com mais um grau, chega a beterraba.

É tão divertido ser uma garota e ter uma amiga sensível!

Quando chegamos à igreja, todos os convidados estão lá dentro. A vizinhança está silenciosa e o gramado, vazio, assim como os degraus que levam à porta de entrada.

Em segundos, Xenia, a assessora do casamento, muito parecida com Xena, a Princesa Guerreira, só que com menos couro e mais tafetá, surge à porta e dá uma espiada. É como se ela tivesse um senso de aranha que pode detectar a localização da noiva e do noivo em todos os momentos. É meio bizarro, na verdade.

Ela estica uma das mãos com as unhas perfeitamente feitas pela porta e dobra os dedos na direção da igreja duas vezes. Quase posso ouvi-la dizer, no seu tom de voz professoral: "Venham, venham!" E então ela desaparece lá dentro de novo, sem dúvida para bater com a régua nos dedos de uma criança barulhenta.

Embora ela possa parecer o demônio, sabe planejar um casamento muito bem! Posso apostar que nem mesmo as flores têm a ousadia de deixar cair uma pétala que seja até que as festividades terminem e ela tenha ido embora.

É, é desse jeito.

Saímos todas da limusine, subimos os degraus e entramos no vestíbulo. Quando vou para o meu lugar na frente da fila, e o barulho do outro lado da porta cessa, a energia, a animação e o significado daquele dia finalmente assentam e ficam acima de qualquer outra coisa. Exatamente como deveria ser.

Hoje é o casamento da minha melhor amiga. Ela está se casando com o homem dos seus sonhos e tendo a vida com que sempre sonhou, a vida que toda garotinha reza para ter a benção de conquistar um dia.

Eu deveria querer bater nessa vadia.

Mas não sinto nada que não seja amor, felicidade e euforia por ela. E sei que isso emana do meu sorriso quando me viro para ela e, dentre todas as demais madrinhas, são os nossos olhares que se encontram. Ela gesticula com a cabeça. Eu também. E, entre nós, uma conversa inteira acontece num piscar de olhos.

Eu poderia chorar.

Mas não vou.

Não tenho certeza se usaram rímel à prova d'água no salão, ainda que sejam uns completos imbecis se tiverem feito diferente disso.

Uma porta à esquerda se abre. Rusty entra e para. Meu coração para de bater dentro do peito. Se eu achei que estava bonita... puta merda!

O smoking dele é preto, a camisa é branca e a faixa é do mesmo belo tom de azul do meu vestido. Seu cabelo escuro parece ter sido recém-lavado. Seus ombros estão impossivelmente largos e mais fortes do que nunca. A cintura é estreita e com suavidade leva até suas pernas compridas.

Mas são os seus olhos que me hipnotizam. Como sempre. Eles estão grudados nos meus quando os encontro, assim que termino de admirá-lo. São de um azul reluzente. E muito intensos. Me fazem pensar o que está acontecendo por trás deles. Porque definitivamente tem alguma coisa.

Deixando a porta se fechar atrás dele, Rusty se desloca devagar na minha direção, sem parar, até estar tão perto que meus peitos quase encostam na sua lapela.

Perco um pouco do fôlego quando vejo seus olhos indo até o meu decote e voltando. Eles percorrem meu rosto, absorvendo cada detalhe, se deslocando até o meu cabelo e retornando mais uma vez.

Finalmente, eles param no meus olhos, me acendendo.

— Olá, bonitão — digo, brincando, esperando parecer natural e não insegura.

— Você está... maravilhosa — diz gentilmente. Sinceramente.

O rubor nas minhas bochechas é genuíno. Não fico assim facilmente, mas algo em relação ao seu comentário parece tão sincero que meu corpo reage de um jeito extremamente físico.

Assim que começo a pensar em mais alguma coisa para dizer, uma música começa a tocar do outro lado da porta. Respiro fundo, grata pelos acordes que me salvaram de mais constrangimento, e gesticulo com a cabeça para o interior da igreja.

— Vamos lá? — Rusty assente e sorri, se virando para o alto bem quando as portas se abrem.

Tudo corre perfeitamente bem, exatamente como ensaiamos. Eu me esforço ao máximo para aproveitar o dia do casamento da minha amiga sem deixar que dúvidas ou inseguranças relacionadas a Rusty atrapalhem. É difícil, mas mantenho o foco na noiva e no noivo, e isso deixa tudo mais fácil.

Quando chega a hora de trocar os votos, Trick dá um pigarro e pergunta se pode dizer algumas palavras. O pastor concorda com a cabeça e sorri. E ele não parece estar nem um pouco surpreso, o que me leva a achar que sabia que Trick faria isso.

A igreja está no mais absoluto silêncio; sem dúvida, cada pessoa esperando, prendendo a respiração, o que ele tem a falar. Consigo facilmente imaginar o que Cami deve estar sentindo agora. Se fosse eu no lugar dela, e Rusty estivesse prestes a dizer algo especial para mim, eu estaria aos prantos por trás do véu.

— Desde pequeno, eu sempre soube o que queria fazer da vida — começa Trick. — Eu queria trabalhar com cavalos. Eu não ligava muito para como, o que, ou onde, contanto que estivesse perto deles. Eu achava que bastaria isso para que eu fosse feliz. Até conhecer você. Sem você, esses sonhos eram só vazios. Eu não demorei muito a perceber que sem você eu nunca seria feliz. Você sabendo ou não, eu era seu desde o instante em que você me olhou com os olhos mais lindos que eu já havia visto. Eu sabia que você ia significar mais para mim do que todos os ricos, todos os cavalos, todas as coisas que o mundo tem a oferecer. E eu estava certo. Cami, eu te amo com tudo o que eu sou e com tudo o que eu já almejei ser. De hoje em diante, vou passar o resto dos meus dias garantindo que você nunca se arrependa de ter me escolhido.

As palavras dele voam pela igreja como se estivessem nas asas de anjos. Tenho certeza de que cada coração aqui parou, como o meu. Ter um amor assim é o sonho de todo mundo, quer se admita ou não. E ter alguém me olhando do modo que Trick está olhando para Cami é o *meu* sonho.

Se ela não tivesse dito nada, a expressão em seus olhos diria tudo. Tudo o que ele vê é Cami. E isso é tudo o que ele precisa ver. Está bem ali, no rosto dele, para que todos contemplem. Como ele disse, ela é tudo para ele. Tudo.

Meus olhos vão até Rusty. Ele está me olhando com uma expressão intrigada, estranha. Desvio o olhar. Meu coração não consegue carregar essa dor.

12
Rusty

Seguro Trick pelo braço depois que o fotógrafo termina de tirar um milhão de fotos. Quero pegá-lo antes que ele siga para a recepção com Cami.

— Ei, cara, posso falar com você um segundo?

— Claro — diz ele, dando um beijo na bochecha de Cami e dizendo a ela que logo estará de volta. Nos afastamos alguns passos. — O que foi?

— Estarei para sempre fora da sua lista de amigos se eu for embora? — Ele não diz nada, apenas me olha, desconfiado. Me apresso em explicar: — Eu preciso trabalhar muito naquele carro que acabou de chegar e...

Trick começa a balançar a cabeça.

— Pode parar por aí, cara. Você não precisa me dar desculpas. Sei que você é cheio de merda. Não há nada *tão* importante assim para você resolver hoje. — Eu não tenho o que dizer diante disso. Porque ele está certo. Isso não tem nada a ver comigo querendo dar o fora daqui. — Mas você é o meu melhor amigo e eu te amo. Obrigado por ter feito tanto por mim.

Eu me sinto um belo monte de merda.

— Se realmente significa tanto para você, eu posso...

— Vai, cara. Sai daqui — diz Trick, com um sorriso, enquanto me dá um tapinha nas costas. — Vai fazer o que você precisa fazer.

Pela expressão e pelo olhar dele, sei o que Trick quer dizer com fazer o que eu preciso fazer. Talvez ele não compreenda completamente (merda, nem *eu* entendo completamente), mas me conhece bem o bastante para saber que eu preciso sair daqui. E não faz perguntas, sou grato por isso.

Este dia todo me deixou perturbado. A declaração de Jenna ontem à noite me pegou de guarda baixa, mas acho que já suspeitava de que que ela me amasse. Entretanto, a questão é que isso não muda nada. Eu *sei* o tipo de pessoa que Jenna é. Já vi esse tipo antes. Meu pai. E agora ela está escondendo seus planos de ir embora. Ela mal foi capaz de me encarar na igreja. Você pode amar alguém e acabar deixando essa pessoa. Algumas pessoas simplesmente são desse jeito: sempre querem os pastos mais verdes. Já vi isso. E não vou me apegar a alguém assim de novo. Acho que o dia de hoje me fez lembrar disso. E essa sensação é bem merda.

Puxo Trick para um abraço rápido e um tapa másculo nas costas.

— Seja feliz, cara. E aproveita a lua de mel pra caralho.

Trick ri.

— Ah, eu vou aproveitar. Mas não vou esperar chegar no Taiti para sair dessa seca, não. Estou planejando tirar a Cami daquele vestido daqui a uma hora.

Eu também rio, me inclinando para trás para cumprimentar Trick.

— Faça isso, meu amigo!

Trick concorda com a cabeça e se vira na direção do salão da recepção, então eu dou o fora, pela encosta, passo entre as árvores e desço até o estacionamento atrás da igreja para pegar meu carro. Preciso de alguma velocidade e da liberdade da estrada para espairecer.

Me sinto agitado ao sentar atrás do volante. Afrouxo a gravata-borboleta quando ligo o carro. Em segundos, piso no acelerador e coloco o carro na estrada em direção à cidade novamente, depois na direção da interestadual. Quero um pedaço bem longo de estrada para poder me espalhar. Quando passo da rampa de entrada e vejo que não há carros à minha frente, vou com tudo, usando cada um dos quatrocentos cavalos do motor que modifiquei no meu GTO. Expiro conforme a paisagem vai ficando para trás e o motor ronca à minha volta, se sobrepondo a toda a merda do meu passado, que está se misturando à merda do presente. Não quero pensar no passado. Não quero pensar no presente. E com certeza não quero pensar no futuro. Só quero sentir a estrada. E a velocidade. E o manejo bem ajustado do carro que eu praticamente montei do zero.

Estou tão envolvido com o momento que não vejo a faixa estreita de cascalho na estrada adiante. Até ser tarde demais.

E eu perder a direção.

Acordo ao som da voz de um estranho.

— Pode me ouvir, senhor? Senhor? Pode me ouvir? — repete ele.

Sinto como se eu estivesse de cabeça para baixo, e, quando tento abrir os olhos, eles não cooperam. Tento me mexer, me ajeitar, mas alguma coisa, ou alguém, está segurando meu braço. Tento me soltar, mas uma dor me atinge em todo o lado direito. Ouço um grito alto.

E depois, nada.

Algo está cobrindo meu rosto. Tento levantar a mão para tirar, mas meus membros parecem pesados demais para quaisquer movimentos. Sinto pressão no meu braço direito, como se algo estivesse o apertando com força. Minha cabeça parece feita de chumbo. Chumbo grosso, pesado. Tento abrir os olhos de novo. Desta vez, eles me obedecem e consigo abri-los o suficiente para ver as luzes sobre minha cabeça, mas nenhuma parece familiar. E parece também que estou me movendo.

— Senhor, pode me ouvir? Pode me dizer o seu nome? — A voz parece ser a mesma, como a voz do rapaz que ouvi anteriormente. Quero dizer ao filho da mãe que, se ele não parar de me fazer as mesmas perguntas, eu vou pra cima dele, mas não consigo dizer nada. Ouço apenas uns murmúrios.

E então nada mais uma vez.

Um bipe estranho soa. E sinto o cheiro de algum produto químico forte, tipo antisséptico ou algo do gênero. Quando tento virar a cabeça, a dor perfura meu cérebro como ferro quente.

Que diabos?

O bipe acelera, e tento abrir os olhos para ver o que está produzindo aquele barulho infernal. Vejo de relance um hospital, depois luzes brilhantes de novo.

Ouço a voz de uma mulher.

— Respire fundo, sr. Catron. Devagar e profundamente. Você vai ficar bem. — Ela parece convincente o bastante. — Conte até dez para mim — pede.

Não ouço minha própria voz, mas, na minha cabeça, eu conto.

Um. Dois. Três.

E então nada.

De novo.

— Sr. Catron? Acabou. Pode abrir os olhos? — Reconheço a voz dela, embora pareça estar vindo de um túnel com um quilômetro de comprimento. Minha cabeça está um pouco confusa, mas não dói tanto quanto antes.

— Sim — consigo responder. Parece que minha língua está coberta de algodão, e minha garganta nunca esteve tão seca. — Água — resmungo.

— Pode abrir os olhos para mim?

Estou um pouco irritado diante do pedido dela, mas concordo. Com um esforço aparentemente imenso, levanto as pálpebras e tento focar no rosto pairando acima de mim. Pisco duas vezes e parece que melhora.

— Muito bom. Agora vou colocar um pedaço de gelo na sua boca, certo? Não engula. Só deixe que ele derreta.

Deus, gelo soa como algo maravilhoso! Abro a boca um pouquinho e sinto como se suspirasse quando a lasquinha gelada e brilhante toca na minha língua.

Fecho os olhos por um instante, aproveitando o líquido, antes de abri-los para focar com mais facilidade na mulher.

Ela é jovem e muito bonita. O cabelo é ruivo escuro, preso num rabo de cavalo. O rosto é atraente e sem maquiagem. Ela usa um uniforme de enfermeira. Eu reconheço porque vi minha mãe com um assim praticamente todos os dias nos últimos quinze anos. Depois que o papai foi embora, ela se matriculou na faculdade de enfermagem. Trabalhou no turno da noite por anos, enquanto tentava o diploma do mestrado. Ela não usa mais uniforme, mas ainda trabalha no hospital.

— Você é enfermeira — digo, constatando o óbvio. Eu nem mesmo sei por que faço esse comentário.

— Sim, eu sou. Você sabe onde está?

— Eu imagino que no hospital.

— Sim. Você acabou de sair de uma cirurgia. Se lembra do que aconteceu?

Tento pensar no que houve, mas tudo parece enevoado. Eu me lembro de sentir que o carro começou a deslizar e me lembro de ver pedaços de grama voando. E me lembro vagamente de ouvir sons metálicos e altos, mas nada faz muito sentido. Consigo entender que estava num acidente, mas os detalhes não estão ali.

— Acho que bati o carro, mas não me lembro de muita coisa além disso.

— Sim, você sofreu um acidente. Houve uma concussão grave, inúmeras contusões e o seu braço esquerdo foi quase arrancado. Você passou por uma cirurgia cerca de uma hora depois de chegar de ambulância. Vai passar algum tempo na UTI até termos certeza de que não terá maiores complicações. Está com dor?

As palavras dela se embaralham na minha cabeça.

— Uuhhh...

Ela está falando rápido demais, eu não consigo pensar.

— Numa escala de um a dez, sendo um "sem dor" e dez "a pior dor que já sentiu na vida", onde você encaixaria sua dor?

Sinto dor em apenas um lugar.

— Minha cabeça. Dói.

— Você está com dor de cabeça?

Não foi o que eu acabei de dizer?

— Sim.

— Isso pode ser da anestesia ou dos remédios. Assim que levarmos você lá para cima, vou te dar um analgésico.

Eu concordo com a cabeça, me sentindo resmungão e irritado de repente. Fecho os olhos diante dos retângulos de luz passando acima e relaxo na maca. Conforme passamos pelos corredores, absorvo o que me foi dito.

— Qual braço eu machuquei? — pergunto, incapaz de me lembrar com clareza de tudo o que a enfermeira disse.

— O direito.

Uma leve sensação de alarme me atravessa, mas está tudo muito confuso para que eu processe ou lide com isso.

— Eu posso usá-lo?

— Você vai precisar de fisioterapia, mas o médico reconstruiu da melhor maneira que ele pôde.

— Meu carro?

— Não sei sobre isso, mas, considerando o estado em que você chegou, eu acho que vai precisar de bastante trabalho.

Merda!

Depois de um rápido passeio de elevador, a enfermeira me empurra por um corredor curto, através de portas automáticas. O mundo se aquieta de repente. Mal ouço quando as portas se fecham atrás de nós.

À medida que a enfermeira me leva mais adiante naquela nova área, ouço sussurros e sons fracos de bipe. Abro os olhos de novo justamente quando estou sendo colocado num quarto. À minha esquerda, há uma janela com vista para o exterior. A cortina está fechada para esconder o pôr do sol. À minha direita, há uma parede de janelas que dão para uma bancada circular — a enfermaria. Deve ser a UTI.

Em segundos, um barulho oco me diz que a enfermeira deve ter travado o freio da maca, e então ouço a voz da minha mãe.

— Ele conseguiu pôr tudo no lugar?

Levanto a cabeça para tentar localizá-la, mas ela logo cai de volta no travesseiro. Só minha cabeça deve pesar uns vinte quilos.

— Mãe?

Sinto sua mão gelada pegando minha mão esquerda.

— Estou aqui, Jeff — diz ela, com sua voz calma e experiente de enfermeira. Sinto vontade de sorrir. Ela é a única pessoa na face da Terra que me chama de Jeff. Jeffrey quando está brava.

— Me dê só alguns minutos para conversar com a enfermeira. Eu já volto.

Ela beija minha testa, e não ouço mais as vozes. Quero esperar pela volta dela para fazê-la responder a todas as minhas questões, mas cacete! Estou tão cansado de repente. Talvez se eu descansar só por uns segundos...

Quando acordo, meus olhos se abrem imediatamente e sem esforço.

Já estava na hora!, penso comigo mesmo.

Levanto a cabeça e, apesar do pulsar idiota que começa instantaneamente, olho ao redor. Há algumas pessoas atrás da bancada alta da enfermaria. Todas as luzes estão acesas, e, quando me viro para olhar pela janela, noto que está escuro lá fora. Mas o que me intriga é que preciso olhar por uma engenhoca para enxergar.

Meu braço direito está imobilizado por diversos cordões. O braço está engessado, e ataduras saem dali para o ombro. Elas se prendem em algum ponto que não consigo ver. Meu cotovelo está num ângulo de noventa graus, e meu antebraço também está engessado. Mais ataduras saem de debaixo dos meus dedos e se prendem a algum arame, numa roldana no alto, cujo contrapeso está em algum lugar do chão, próximo ao pé da cama.

— Mas que diabos — digo para ninguém em particular.

Uma sombra cai sobre mim, e eu olho na direção da porta. Minha mãe está parada ali. Embora não seja curto, seu cabelo avermelhado está desarrumado, e tanto as roupas quanto a maquiagem fazem parecer que ela acabou de sair do trabalho. Ela tem uma expressão exausta que não estou acostumado a ver.

Sinto um frio na barriga.

— O que houve? Alguma coisa aconteceu. Posso ver na sua cara.

Ela adentra mais no quarto e me dá um sorriso quando senta na beirada da cama.

— Eu não posso simplesmente estar feliz porque você está bem?

— É claro que pode. Houve alguma dúvida de que eu não ficaria bem?

— Não exatamente. Você está aqui por precaução, para que possam ficar de olho em você nas primeiras vinte e quatro horas. Foi uma pancada e tanto, e você bateu a cabeça forte.

— Bom, então, por que a preocupação?

— Bom... é só que... Jeff, seu braço está bem machucado, e eu sei o quanto você é impaciente. Você precisa entender como é importante deixar que ele sare direito e também perceber que, por um tempo, vai ter os movimentos limitados. Se você forçar, meu filho, pode ter um dano permanente.

— Forçar? Que merda que eu vou forçar? Eles me amarraram como uma maldita marionete!

— Por um bom motivo. Você foi jogado do carro, e o seu braço direito deve ter ficado preso no cinto de segurança, de alguma maneira. Quase foi cortado. Seu manguito rotador está estraçalhado, o ombro foi deslocado, seu úmero quebrou em dois lugares, seu...

— Fale a minha língua, mulher — interrompo, de modo grosseiro, tentando incluir um tom implicante na minha voz, mas falhando terrivelmente. Ela estar *agindo* dessa forma me deixou preocupado.

— Você deslocou o ombro, estragou sua articulação, quebrou o braço em dois lugares, quebrou os dois ossos do antebraço, sofreu um dano significativo no ligamento da mão, quebrou três costelas e machucou feio o quadril direito. Você também teve uma concussão e tiraram bastante vidro do seu rosto. É o suficiente pra você?

— Então, você está dizendo que o meu lado direito está completamente fodido?

— Sim, de certa forma.

— E quanto tempo eu vou ficar aqui?

— Semanas. Você não...

— Semanas? Você tá de sacanagem? Por que não podem simplesmente colocar um gesso normal em mim e me mandar para casa em alguns dias?

— Porque os seus ferimentos são graves, Jeffrey. É o que eu estou tentando te dizer. Você não pode apressar isso ou o dano vai ser irreversível.

— Que tipo de dano irreversível?

— Do tipo que vai te impedir de usar o braço direito para sempre.

Puta merda.

Agora entendo por que ela parece tão preocupada. O meu trabalho, o meu sustento, todos os meus sonhos dependem de eu poder usar minhas mãos e braços nos carros. Merda, teria sido melhor quebrar uma perna do que o braço. Ou o braço *esquerdo*. O direito não. Deus todo-poderoso, não o direito!

Que diabos eu vou fazer com a oficina? Com os carros que já me pagaram para restaurar? Eu estava começando a fazer essa parte do meu sonho funcionar. Tudo estava acontecendo devagar, mas eu conseguia ver que começava a se moldar. Mas agora... depois disso...

— Bom, eu acho que vou ter que ficar bom logo e da maneira certa, então.

— Sei que você vai. *Se* fizer o que eu te disser.

— Eu vou, eu vou — devolvo. Já ofendido e louco para que esta conversa termine. — Quem mais está lá fora? Tem alguém?

Minha mãe balança a cabeça.

— Você saiu da cirurgia tem umas duas horas, Jeff. Espere um pouco.

— Bom, Trick está na lua de mel. Tenho certeza disso. E Jenna provavelmente ainda nem sabe, sabe?

— Eu falei com Leena. Ela ligou quando ficou sabendo. Ela disse que contaria a Trick, mas eu pedi que esperasse até que os dois tivessem uns dias para aproveitar a viagem, e então lhes dizer que você estava bem. Eu sabia que você não ia querer que eles viessem correndo para te ver. Você ainda vai estar aqui quando eles voltarem.

— Não, eu não ia querer. — Alguns segundos depois, pergunto novamente sobre Jenna. — Então você não ligou para a Jenna?

Eu a ouço dar um suspiro.

— Sim, eu liguei para a Jenna.

— Ela está vindo?

— Não sei. Ela desligou.

Ela desligou? Que merda isso significa?

13
Jenna

Nunca me senti tão dividida e em conflito na minha vida! Mesmo levando em consideração que eu estava completando quatro anos quando minha mãe morreu, aprendi a odiar hospitais. Felizmente, ela quis passar os últimos dias em casa, o que pôde fazer, mas eu me lembro do cheiro da falta de esperança e de voltar para casa com meu pai chorando baixinho ao volante. Em resumo, eu odeio hospitais. Passionalmente. Sinto falta de ar só de pensar em ir visitar Rusty. Tanto que surtei e desliguei na cara da mãe dele — vou ter que ligar para ela para me desculpar. E farei isso. Mais tarde.

Depois de lidar com a primeira etapa: Rusty.

Apesar do meu medo de hospitais, apesar da constatação de que ofendi sua mãe, apesar de ter feito uma das maiores declarações da minha vida e de Rusty ter reagido dizendo nada e apesar de ele ter me evitado completamente durante o casamento, eu vou vê-lo. No hospital. Porque eu amo Rusty.

Fiquei mais que um pouco magoada quando descobri que ele foi embora antes da recepção. Não somente porque ele não me procurou para me avisar, mas porque parecia estar me evitando completamente. Eu não entendo. Só consigo imaginar que, ao ter dito a palavra que começa com A, ele se assustou. Tenho certeza de que Rusty sabe que eu o amo, mas eu nunca disse assim, *na cara*. Até a noite de ontem.

Talvez tudo isso se some ao fato de que ele *não* nutre sentimentos mais profundos por mim. Talvez seja só um sexo ótimo, boa companhia e nada mais. Quando estou vestindo uma calça jeans e me preparando para sair, encontro mais uma coisa para me deixar nervosa. E se ele não me quiser lá? O que eu vou fazer?

Afasto o pensamento da cabeça. Não posso pensar nisso agora. Preciso ir. Não somente porque é a coisa certa a fazer, mas porque é Rusty. E eu o amo. E ele quase foi roubado da minha vida. Eu *preciso* vê-lo de novo. Preciso.

14
Rusty

O tempo parece diferente de algum modo. Mais lento. Como se cada minuto fosse equivalente a uma hora. Talvez porque eu tenha dormido demais. Talvez porque eu não possa dormir agora. Talvez porque eu esteja esperando. Por Jenna.

Não sei mais o que pensar em relação a ela. Não consigo entendê-la. E não tenho certeza se deveria ao menos tentar.

Eu esperava estar errado sobre ela, que ela no fundo *não* fosse igual ao meu pai. Ele também sempre pensou que havia algo melhor em outro lugar. E então foi embora. Abandonou a mim e a minha mãe e jamais olhou para trás.

Estive sempre compelido e determinado a não repetir o erro dele. E, quanto mais eu penso sobre isso, mais percebo que as pessoas não mudam sua essência. As coisas que eu mais amo em Jenna são justamente as que vão levá-la para longe de mim. Acho que não é mesmo possível ter tudo ao mesmo tempo.

Talvez eu deva deixá-la ir embora. Se ela já odiava Greenfield, vai odiar duas vezes mais se perceber que terá que ficar para tomar conta de um inválido que pode ou não ter algum futuro.

Não, acabaram-se os dias em que eu tinha alguma coisa para oferecer para Jenna, em que eu pudesse competir com o restante do mundo. Acho que é melhor deixá-la ir antes que ela fuja.

15
Jenna

No fim das contas, minha mente (e talvez minha imaginação, de certa maneira) difamou os hospitais bem mais do que era necessário. *Pelo menos por enquanto*, penso, conforme subo de elevador até o terceiro andar.

Estou inclinada a repensar meu desafio quando a porta se abre e um longo corredor estéril se estende à minha frente. O cheiro forte de desinfetante faz meu nariz coçar e me faz pensar em coisas desagradáveis, em pessoas doentes, pessoas morrendo e pessoas que estão perdidas sem as outras. Ao menos da maneira como minha mente reage, é como se o hospital tivesse tirado a minha mãe. A cada visita, a cada mês.

A porta volta a se fechar, então eu saio apressada. Depois de respirar profunda e debilmente por duas vezes, começo a dar meia-volta, mas encontro as portas fechadas, e minha rota de fuga já era. Por um segundo, me bate um pânico. Giro num círculo louco, procurando pelo reluzente sinal vermelho de SAÍDA. Sinto a cabeça formigar com o suor, conforme as paredes se aproximam mais e mais e o ar fica mais e mais rarefeito.

Merda, merda!

Finalmente, avisto a saída. Dou um passo em sua direção, mas uma onda de calor toma meu rosto e faz o cômodo nadar diante dos meus olhos. Procuro pela parede, qualquer coisa que seja firme num mundo que se tornou perturbadoramente instável.

Por que eu vim? Por que eu vim?

Minha palma toca o concreto frio da parede e eu me inclino na sua direção, pressionando a bochecha na superfície pálida e pintada. Meus batimentos estão acelerados, meu coração retumbando e minha mente confusa luta para responder a minha simples e única pergunta.

Por que eu vim? Por que eu vim?

No entanto, como a brisa refrescante na pele seca, enfim minha cabeça clareia a ponto de me deixar sentir a resposta

Rusty. Eu vim por causa de Rusty.

Fecho os olhos e inspiro uma vez, com profundidade e firmeza. Somente por pensar nele, no fato de que ele quase foi tirado de mim de um jeito permanente e irrevogável, me dá o foco que eu preciso para me recompor.

Não me mexo por longos segundos, conforme aguardo minha calma ser restaurada. Ainda me inclinando com força contra a parede, faço um teste com minhas pernas trêmulas. Elas não parecem nem um pouco firmes, mas ainda podem me sustentar. Isso é o mais importante. Eu me afasto do concreto e aliso o cabelo antes de ficar de costas para a parede e de ficar de cara e cabeça erguidas para as duas portas de madeira intimidadoras à minha frente.

À medida que me aproximo, leio a imensa placa com letras vermelhas estampadas. SOMENTE PESSOAL AUTORIZADO. Dificilmente eu me encaixo nessa descrição.

Mordo o lábio ao pensar no que fazer agora. Enquanto olho casualmente da esquerda para a direita, vejo a pequena campainha ao lado da porta. Há um aviso abaixo dela, informando que a UTI tem horários predeterminados para visitação e os procedimentos para entrada.

Seguindo as indicações, eu aperto a campainha e aguardo. Alguns segundos depois, uma voz agradável e alta o bastante responde:

— Como posso ajudar?

— Hum, estou aqui para ver Rust... quero dizer, estou aqui para ver Jeff Catron.

— Aguarde, por favor.

A linha fica muda, me deixando parada na frente da porta, encarando a caixinha do interruptor como uma idiota. Olho ao redor para garantir que ninguém está me observando. Ainda estou sozinha, graças a Deus.

Finalmente, ela volta.

— Quarto três-zero-quatro. Se afaste.

Depois de um clique, um zumbido alto antes de as duas portas se abrirem para direções diferentes, me deixando entrar no interior do santuário das pessoas doentes.

O centro da grande sala sem graça é dominado por uma estação gigante da enfermaria. Num semicírculo ao redor dela, estão dispostos os quartos dos pacientes, todos com janelas de vidro e portas que permitem às enfermeiras enxergarem o interior, contanto que a cortina não esteja fechada. Olho à esquerda e vejo o quarto três-zero-quatro. Suponho que Rusty esteja do outro lado, então começo a dar a volta, margeando a estação das enfermeiras, até chegar ao quarto dele.

A cortina está fechada, e não ouço barulho algum vindo de trás dela. Hesitante, bato na esquadria de metal que cerca a porta de vidro.

— Entre. — Ouço Rusty dizer. Meu coração deixa de bater uma vez e eu seco minhas mãos úmidas na parte traseira do jeans antes de empurrar a cortina bege sem graça.

Quando dou uma olhada lá dentro, vejo Rusty deitado na cama, seus braços presos a todos os tipos de fios ou cordas ou algo assim. As bochechas dele já aparentam ter alguma barba por fazer, como se a tensão das últimas horas tivesse cobrado um preço físico. Sua testa franzida só reforça essa impressão.

— Oi — digo, baixinho.

Ele estreita os olhos para mim antes de falar.

— Oi — responde do mesmo modo, não me ajudando a me sentir melhor com a situação.

— Eu... eu posso entrar?

— Eu disse "entre" antes, não disse? — Tenho certeza de que a curvinha em seus lábios é uma tentativa de amenizar a resposta atravessada, mas magoa um pouquinho mesmo assim.

Sendo madura, retribuo o sorriso travado e entro, seguindo para a única cadeira do quarto. Eu me sento na beirada, me agarrando à minha bolsa como a um salva-vidas.

— Então, como você está se sentindo?

— Como parece que eu estou me sentindo? — pergunta ele, com um tom agressivo em meio ao riso.

— Tenho certeza que já esteve melhor.

— Sim, já estive.

— O que aconteceu? Quero dizer, é óbvio que foi um acidente, mas...

Rusty inspira profundamente e dá de ombros.

— Ainda estou confuso em relação aos detalhes, mas, pelo que eu me lembro, acertei um cascalho na interestadual e derrapei na faixa reserva. Devo ter acertado com tudo porque eu capotei o Goat algumas vezes.

Embora ele casualmente se refira ao GTO como "Goat" — e o faz bastante — e seu tom de voz seja prático, tenho a impressão de que ele não está tão blasé assim sobre o acidente.

— Parece que foi feio.

Ele dá de ombros mais uma vez.

— Podia ter sido pior.

— Sim, tipo se você tivesse morrido. Mas, meu Deus, olhe pra você. Quantos ferimentos você teve?

— Lesão no manguito rotador, ombro deslocado, estragou a articulação, fraturas múltiplas no braço, três costelas quebradas e uma variedade de cortes, arranhões e hematomas.

Tensiono os músculos com a dor que sinto no coração. Dói em mim pensar que Rusty se machucou tanto. E, à medida que olho para ele, deitado na cama todo enfaixado e preso, me dói ainda mais saber que não há nada que eu possa fazer para ajudá-lo.

— Quanto tempo até você conseguir... quanto tempo você vai ficar aqui?

Vejo que ele enruga a testa antes de olhar pela janela que está atrás de mim, e percebo que não fiz a pergunta certa. Algo em relação a isso o deixou chateado. Mas, sinceramente, eu não sei o que dizer. Ele está agindo como se não fizesse diferença eu estar aqui e está me fazendo querer continuar.

— Provavelmente, bastante. Tempo demais para você querer ficar vindo... passear por aqui — diz ele, sem nem se importar de me olhar conforme fala.

Suas palavras são como várias adagas no meu coração. Meu pior medo se confirmou. Rusty *realmente* não me quer por perto. Acho que era eu boa para ele se divertir um pouco, mas não boa o bastante para ele ficar.

Com o coração murchando no peito, só posso lutar contra as lágrimas. Eu me viro para olhar pela janela também, encarando a escuridão crescente enquanto me recomponho. E, à medida que penso em Rusty e em sua rejeição brutal, faço o que posso para me manter controlada.

E fico irritada.

— Bom, isso é bom. Odeio hospitais — digo, me virando para olhá-lo, forçando um sorriso.

— Não se sinta na obrigação de voltar, então. Não vou ficar chateado.

Mais adagas. Quero gritar com ele, quero dizer que atravessei o inferno para chegar aqui, só para chegar até ele esta noite. Mas não. Não quero a sua pena. Nem um tapinha nas costas. Eu não quero que ele seja gentil comigo porque eu "mereci".

Então, em vez disso, eu lhe dou o que estou recebendo. Olho por olho. Casual por casual. Dente por dente.

Assinto conforme me inclino para a frente, me preparando para levantar.

— Certo. Talvez eu passe aqui mais uma vez antes de ir, se tiver tempo.

— Antes de ir? Já está fugindo?

Alguma coisa em seu tom de voz é sarcástica.

— Não estou fugindo — respondo, na defensiva. — Acabei de me formar na faculdade. Preciso arrumar um emprego.

— Isso deve ser fácil. Tenho certeza que você já tem algo engatilhado. Um plano de fuga. — O tom dele é tão ácido que meu coração cai no chão de concreto. Agora eu definitivamente não posso contar a ele que tenho entrevistas. Não vou lhe dar a satisfação de saber que está certo.

É a minha vez de estreitar os olhos para Rusty.

— Qual é o seu problema, porra?

— Problema? O que te faz pensar que eu tenho um problema?

— Você faz parecer como se eu estivesse fugindo de alguma coisa, quando tudo o que estou fazendo é começando a minha vida.

— Certo. E isso é exatamente o que você *deve* estar fazendo. O *timing* é perfeito. Você precisa dar andamento aos seus planos *longe* daqui.

Eu me sento, observando seu rosto bonito, enquanto meu coração vomita sangue da ferida deixada por suas palavras cortantes. Ele continua enfiando a adaga um pouco mais fundo.

— Você precisa encontrar um lugar onde possa fazer novos amigos. Encontrar um trabalho que você ame. Encontrar alguma felicidade.

Suas palavras dizem que ele quer que eu procure pela felicidade, mas algo em sua atitude desmente seus votos. De certo modo, sinto que ele está me culpando por querer mais.

— Por que, quando você fala isso, fica parecendo que é uma coisa ruim?

— Não faço ideia. Deve ser sua imaginação.

— Não é minha imaginação, Rusty — digo, ficando de pé. — Você me culpa por querer arrumar um emprego na área que estudei?

— De jeito nenhum. Eu sabia que era isso que você ia fazer.

— De novo, você faz parecer que é uma coisa ruim.

— Eu não faço parecer nada. Só estou dizendo o que nós dois já sabíamos, Jenna. Você está se preparando para ir embora. Era questão de tempo.

— Ah, agora eu sou uma pessoa péssima por não querer ficar em Greenfield pelo resto da minha vida?

— Eu não disse isso.

— Mas foi o que você quis dizer.

— Não me diga o que eu quis dizer — alfineta. — Você não é do tipo que se acalma, Jenna. É tudo o que estou dizendo. Você é do tipo que tem grandes planos para uma vida melhor. E isso não inclui esta cidade ou as pessoas que vivem nela. Nós dois sabíamos disso. E foi bom enquanto durou. Não tem motivo para estragar isso.

Isso dói. Eu disse que o amo menos de vinte e quatro horas atrás. Embora agora pareça ser há uma eternidade, Rusty age como se nunca tivesse acontecido, como se eu nunca o tivesse amado. Ele faz parecer que nós dois juntos não éramos mais do que uma maneira conveniente de passar meu tempo em Greenfield, nada além disso. Como se estivéssemos destinados a dar errado.

— Uau — digo, tentando esconder a mágoa da minha voz. Cavo fundo para resgatar um pouquinho de orgulho que me ajude a sair desta sem fazer as coisas ficarem piores do que já estão. — Foi assim que você me entendeu, então, hein, Rusty?

— É como as coisas são, Jenna.

— Acho que não vou mais incomodar você, então. — De cabeça erguida, atravesso o quarto a caminho da porta. Faço cada passo ser o mais demorado possível, dando a Rusty todas as chances de me impedir. De me dizer que estou errada. De me pedir para ficar.

Mas ele não faz isso. Quando abre a boca, é para se despedir.

— Boa sorte, Jenna — diz, baixinho, quando eu abro a cortina. Não me viro para responder.

— Obrigada, Rusty. Pra você também.

Depois de soltar a cortina atrás de mim, eu corro *de verdade*, desta vez. Corro até chegar ao elevador vazio, segurando as lágrimas.

16
Rusty

Não há dúvida de que tenho aversão às últimas palavras que Jenna e eu trocamos. Infelizmente, ela fez o que eu pedi e se manteve longe. Além de estar sendo solitário e chato, tenho muito tempo disponível para pensar nela.

Oscilo entre culpa e amargura. Por um lado, sinto que a afastei. Talvez ela tivesse me provado que eu estava certo, indo embora de qualquer forma. Mas talvez, apenas talvez, ela tivesse me provado que eu estava errado e teria ficado. Se eu não tivesse praticamente a empurrado pela porta, quero dizer.

Mas, depois de pensar no assunto, a amargura me toma. Ainda que Jenna tivesse ficado mais tempo aqui, não teria sido para sempre. E eu não sou o projeto de caridade de ninguém. Não a quero ficando por aqui porque sente pena de mim. Que merda, não!

Não é preciso dizer que estou mais para um urso quando Trick e Cami chegam da lua de mel para me ver.

— Agora você tem até um quarto, hein, cara? Ouvi que você passou um tempo na UTI — diz Trick quando entra, a mão de Cami segurando firme na dele. Os dois estão bronzeados e radiantes. E não é um brilho que vem só da pele. É do tipo que irradia de algum lugar mais profundo, do tipo que vem de se estar feliz até a alma.

— Meu Deus, já era tempo! — digo. — Estou surpreso em ver que ainda sobrou alguma coisa da Cami. Quanto tempo tem?

Trick ri. Cami fica vermelha.

— Duas semanas só, palhaço. Qual é o seu problema?

— Além do que está óbvio? — pergunto.

— Sim, engraçadinho. Além do óbvio.

— Estou aqui. Não é o bastante?

— Achei que você poderia estar se aproveitando disso e ganhando três banhos por dia da Jenna — provoca ele.

— Dificilmente.

Trick suspira, irritado.

— Certo. O que você falou pra ela? Tem que ter sido sua culpa. Do contrário, Jenna provavelmente estaria aqui agora, ensaboando a esponja.

— Você quer dizer que não falou com ela desde que voltou?

— Não.

Nós dois olhamos para Cami. Seus olhos se arregalam e sua expressão é de um bichinho encurralado.

— O quê? Nós viemos literalmente do aeroporto. Eu ainda não vi *ninguém*.

— Não *viu*, mas *falou*? — pergunta Trick.

A boca de Cami se abre algumas vezes, como se ela quisesse dizer alguma coisa até fechá-la e suspirar.

— Sim.

— Jenna?

— Sim.

— E?

— E ela perguntou se nós tínhamos passado aqui. Eu disse que não.

— Só isso?

— Basicamente. — Cami olha de mim para Trick e de novo para mim. Ela recua sobre os saltos e solta a mão de Trick para juntar as próprias. —

Então, onde fica a máquina de salgadinhos? Preciso de uma garrafa d'água ou outra coisa. Estou com sede.

É bem capaz, penso. Mas não digo isso.

— Eu passei por algumas quando me tiraram da cama para a fisioterapia. Descendo o corredor, à esquerda.

— Já deixaram você sair da cama? — pergunta Trick depois que Cami sai.

— Ah, claro que deixaram! Eu quase beijei o infeliz do meu enfermeiro de ontem quando ele me disse isso. Antes, o meu braço estava na tração. Eu não podia nem mijar sem que isso fosse um verdadeiro show.

— Como você fez para conseguir levantar?

— Eles querem que eu vá devagar. Está evidente que eu torci alguns ligamentos do quadril de um jeito bem feio. Mas eu estava certo e determinado que, fizesse sol ou chuva, eu sairia desta maldita cama. Eu queria que eles soubessem que eu estava pronto para ter alta.

Paro antes de terminar de contar a ele o que aconteceu. E, nesse breve intervalo, Trick, meu melhor amigo, que me conhece melhor que ninguém, entende.

— Caiu de bunda, não foi?

Não consigo não rir.

— Caí com tudo. Eu estava bem mais fraco do que imaginava. Quando o terapeuta me levantou, tentei seguir em frente. Achei que mostraria a ele que eu era autossuficiente. Bom, eu mostrei alguma coisa a ele.

Trick ri de jogar a cabeça para trás. Balanço a cabeça, deixando-o se esbaldar.

— Melhorou depois que te cataram pelo traseiro?

— Sim, um pouco. Ainda estou meio fraco, mas faço o que posso na cama. Vou estar longe daqui o mais rápido possível.

Trick balança a cabeça, ainda sorrindo. Quando o silêncio se prolonga, ele se aproxima da cama.

— O que houve, afinal? Você fez algo idiota, não fez?

— Cara, por que você sempre fica do lado dela?

— Porque eu conheço você. Você é homem. Nós fazemos coisas idiotas.

— Bom, não fui eu dessa vez. Ela já estava se preparando para ir embora, de todo modo. Eu a poupei do trabalho de ter que voltar aqui e ficar de babá.

— Você é mesmo um idiota, hein?

— Não, porque eu estava certo. Ela não vai ficar na cidade, Trick. Nunca foi o plano dela. E continua não sendo. Ela vai conseguir um emprego em outro lugar. Ponto-final.

— Só porque ela não quer morar nesta cidade para sempre não significa que ela não queria ficar com você. Diabos, *você* fala sobre sair daqui para abrir uma loja de restaurar carros mais perto de uma cidade grande. Como isso é diferente?

— Porque eu jamais deixaria alguém que amo. Nem por um trabalho, nem por nada.

— Você já pediu a ela para ficar? Por você?

— Não.

— Por que não?

— Eu sei que ela não quer isso. Por que eu pediria para ela ficar quando sei que não é o que ela quer?

— Então, como diabos você pode ficar puto com a Jenna por ela estar indo embora?

Estou ficando irritado.

— Olha, não consigo te explicar. Claramente você não entende. Ela não é do tipo que fica. É isso. Foi bom enquanto durou. Agora acabou. Deixa isso pra lá, tá?

Trick balança a cabeça, mas não diz mais nada. De certo modo, eu esperava que ele dissesse.

17
Jenna

Eu vago sem rumo pela casa. Passo pela sala, com seu sofá marrom confortável e as paredes pintadas de bege, depois vou para a sala de jantar. Deixo meus dedos correrem pelo forro das costas das cadeiras, gravando seus cantinhos desgastados. Foram meus avós que deram aos meus pais, um presente de boas-vindas quando eles cederam aos dois o pomar e partiram para a aposentadoria na Flórida. Um dia foram novinhos. Agora parecem velhos e desgastados. E eu amo. Cada pontinho manchado, cada pedacinho gasto é consequência das milhares de vezes que mamãe, papai, Jake e eu usamos.

Embora meu pai tenha nos mandado para a escola um pouco depois da minha mãe morrer, esta casa ainda guarda milhares de lembranças preciosas. Elas simplesmente não são o bastante para me fazer querer ficar aqui. Poucas coisas são.

Passo para a cozinha, notando, como sempre faço, o leve aroma de pêssego. Deve estar permanentemente entranhado na madeira do chão e no gesso das paredes. A cozinha sempre teve um cheiro doce, assim como o pomar.

— De mais quanto tempo você vai precisar para dispensar essas pessoas, Jenna?

Assustada, eu me viro para a porta dos fundos. Vejo Cristos Theopolis, meu pai, parado ali, me olhando. Seus olhos têm o mesmo tom caramelo do meu irmão, mas agora estão cheios de preocupação. É a única diferença, porque Jake nunca está preocupado. De algum modo, a vida o deixou inacessível, endureceu seu coração.

Suspiro.

— Mais um pouquinho. É só uma entrevista, papai.

— Só uma entrevista. *Só o restante da sua vida*, você quer dizer.

— Quem pode dizer se eu vou ao menos gostar de trabalhar lá? Um diploma em administração com enfoque em marketing não tem nada de restrito. Eu poderia trabalhar em qualquer lugar, em posições diversas.

— É uma excelente empresa, Jenna. Foi você quem tentou me vender isso só alguns meses atrás. Por que essa hesitação repentina?

— Eu... eu... eu não sei — digo, dando de ombros, indo até a cozinha para olhar pela janela.

— O que você tem, Jen? Ultimamente, tem andado tão distraída. Você parece inquieta e... bem, infeliz.

Suspiro.

— Acho que eu esperava que Rusty tivesse saído do hospital antes que eu fosse embora.

— Rusty? Achei que vocês tinham terminado.

— Terminamos. Se é que um dia chegamos a ficar juntos.

— O que isso quer dizer?

Suspiro de novo.

— Ah, nada. Acho que estou só... esperando.

— Esperando o quê? O que você acha que vai acontecer se ele sair antes de você ir embora?

— Eu não sei, eu...

— Você acha que ele pode te pedir em casamento? Quero dizer, vocês terminaram. Esperar não é meio inútil? Talvez você deva seguir em frente.

As palavras dele tocam num ponto fraco.

— Por Deus, pai. Eu não sou idiota. Eu sei que ele não vai sair do hospital e vir correndo me implorar para voltar. Mas eu gostaria de ter certeza de que a vida dele vai voltar ao normal, sabe?

— E se não voltar? E aí? O que você acha que vai ser capaz de fazer por ele?

— Não posso fazer nada por ele. Eu sei disso. Mas, se as coisas não deram certo para ele aqui...

— Jenna, isso precisa acabar. Você não pode deixar a sua vida esperando por causa de um garoto.

— Ele não é um garoto, papai. E também não é "um garoto" qualquer. Eu o amo. Se houver ao menos uma pequena chance de ficarmos juntos, eu vou esperar por ela.

Pareço iludida e patética até mesmo para mim. E isso parte o meu coração em pedacinhos ainda menores. Aparentemente, eu sou a única que não consegue terminar, que não consegue seguir em frente.

— Você gostaria que ele viesse até você porque ele não tem nada mais? Você gostaria que ele escolhesse você por não ter outra opção?

É como um bisturi no meu estômago.

— É claro que não.

— Então, quanto tempo você vai esperar, querida? Quanto tempo é tempo *demais*? Já pensou nisso? Qual é o atalho para ele te escolher primeiro? Porque você merece ser escolhida.

Pela milésima vez, sinto as lágrimas queimarem o fundo dos meus olhos.

— Eu não sei. Mas ainda não posso ir embora. Não posso, papai. — Eu sinto como se estivesse pendurada na mais fina das cordas. Não é suficiente para me segurar. E eu desmonto. — Eu simplesmente não posso. Não posso deixá-lo assim.

Escondo o rosto com as mãos. Em alguns segundos, sinto braços fortes e familiares à minha volta. Uma das mãos afaga meu cabelo, e ele me acalma.

— *Shhhh*, garotinha. Vai dar tudo certo. Eu prometo. Só deixe acontecer naturalmente. Não lute.

O problema com esse conselho é que tenho medo de já saber como as coisas devem acontecer. Só não tenho certeza de que consigo viver assim.

18
Rusty

Acho que é isso que acontece quando você é um completo idiota aos olhos de praticamente todo mundo — as pessoas param de te visitar. Eu estava creditando meu mau humor a estar confinado num quarto de dezesseis metros quadrados, com uma janela, uma porta e diversas máquinas, mas agora começo a ver qual é o verdadeiro problema. Cada pessoa que entra pela porta e não é Jenna me irrita. Imediatamente.

Trick, a princípio, estava vindo me visitar mais de uma vez por dia todos os dias, ficando por algumas horas, mas agora ele dá uma passada apenas uma vez por dia e nunca realmente fica. Posso dizer que ele está doido para ir embora cinco minutos depois que chega. Não ajuda o fato de, duas semanas antes, depois da primeira visita que ele fez na volta da lua de mel, eu ter dito a ele e a Cami que eu não queria falar sobre Jenna. Então não falamos. Nunca. Eles nem a mencionam. E, é claro, eu não pergunto. Acho que ela foi embora e conseguiu um emprego ótimo em algum lugar. E acho que nunca vou saber a não ser que engula um pouco do orgulho e pergunte.

Mas de novo: eu quero mesmo saber? Eu quero mesmo saber que ela está feliz, vivendo em outro lugar, sem ser comigo? Não, na verdade não quero. Isso seria cutucar a ferida.

Depois que a visita do dia de Trick termina, a única coisa pela qual eu espero é a fisioterapia. Eles dizem que estou me saindo muito bem com os exercícios de respiração, minha série de movimentos e deambulação (uma palavra metida para andar), e logo terei alta até tirar o gesso. E, com isso, farei fisioterapia de novo.

Tudo bem. Eu só quero sair deste lugar. O quanto antes. Preciso seguir com a minha vida também. Independentemente do tipo de vida que seja.

19
Jenna

— Como ele está? Está ficando mais forte? Já tem a data da alta? — encho Cami de perguntas, assim que ela atende o telefone. Sei que Trick deve ter ido visitá-lo pela manhã e já deve ter voltado.

— Opa, opa, opa! Me dê dez segundos para responder cada pergunta. Calma — reclama ela. Fico em silêncio enquanto espero. — Trick segue chamando o amigo de resmungão do cacete, se isso te diz alguma coisa sobre como ele está. Ainda infeliz por estar no hospital. Sim, ele está ficando mais forte. Ele tem ido bem em todos os exercícios da fisioterapia e está andando pelos corredores por horas, dia e noite, é claro. E, sim, há uma data. Bom, há mais ou menos uma data.

Sinto que o ar fica preso no meu peito.

— Como assim, mais ou menos uma data?

— Eles estão dizendo que vai ser nos próximos dias. Eu não tenho ideia de qual é o dia provável.

— Bom, por que o Trick não perguntou?

— Jenna! Ele não pensa como você pensa. Ele é homem. Lembra? — Ela suspira.

— Eu sei. Me desculpe. Só estou curiosa.

— Eu sei — diz ela, a voz mais baixa. Sombria.

Paro de falar, considerando se devo fazer a próxima pergunta. Quis saber antes, em umas duas ocasiões, e a resposta me deixou incomodada todas as vezes. Ainda assim, não pareço conseguir me conter quando se trata de ter esperança.

Pelo menos por mais um tempinho.

— Ele perguntou sobre mim?

Uma pausa.

— Não.

Embora eu sinta uma facada no coração, também fico irritada. Como diabos ele consegue seguir vivendo assim?

— Então ele não falou de mim nenhuma vez desde que vocês voltaram? — O barulho da estática estala na nossa ligação. E meu coração se espalha pelas tábuas do chão do meu quarto. — Me diga, Cami. Eu preciso saber. Eu estou enlouquecendo e, se aconteceu alguma coisa, preciso saber.

— Nada aconteceu — diz ela, vagamente.

— Então o que foi dito?

— Na segunda vez em que fui visitá-lo, ele disse que não queria falar de você, pediu para não mencionarmos o seu nome.

— Mas por quê? — pergunto, minha voz soando baixa até para mim mesma.

— Ele disse que estava cansado desse assunto.

Consigo ouvir a dor nas palavras de Cami. Ela odeia me contar algo tão nocivo, mas eu a encurralei com a pergunta *certaaaaa*. Do contrário, ela jamais me contaria, jamais teria me magoado dizendo isso.

Mas eu precisava saber. Independentemente do quanto me machuque, eu precisava saber.

Olho para baixo, na direção da minha mão, tremendo onde ela repousa sobre a coxa. O ar ao meu redor parece pesado e irrespirável. Minha cabeça lateja com a vontade de gritar. Ou chorar. Ou se separar do meu corpo.

Dou um pigarro e depois respiro fundo, me recusando a deixar minha melhor amiga perceber que estou profundamente magoada. Ela viu o bastante, ouviu o bastante. Não vou mais fazer isso com ela.

— Bom, nesse caso, acho que preciso dar alguns telefonemas.

— Jenna, eu sinto muito. Eu não sei... Realmente pensei que...

— Não sinta. Nós duas achamos. E estávamos erradas. No fim das contas, nenhuma de nós conhece Rusty muito bem.

— O que você vai fazer? — pergunta ela, com cuidado.

— Vou ligar para o departamento de recursos humanos desses dois lugares, o que eu tenho protelado fazer. Se eles ainda tiverem vagas abertas, vou marcar outra entrevista. Só que dessa vez eu vou. Não há nada me segurando aqui. Nada nem ninguém.

E, pela primeira vez desde que conheci Rusty, sinto que isso é total e absolutamente verdadeiro.

— Por que não vem aqui em casa à noite? Vou alugar alguns filmes, e nós podemos sair. Ou podemos ir ao Lucky's. O que você estiver a fim de fazer.

Eu sorrio. Apesar de estar escondendo dela, Cami me conhece bem o bastante para saber que estou morrendo por dentro. E ela está preocupada comigo, não há dúvida.

— Não. Vou deixar os dois pombinhos a sós com suas rapidinhas pervertidas. Acho que vou ficar aqui com o papai. Preciso passar algum tempo com ele, já que não vou estar aqui por muito mais.

— Sim, provavelmente é uma boa ideia.

Ela parece ter ficado um pouco magoada com minha escolha.

— Porque você sabe, tão bem quanto eu, que ele não vai me visitar quando eu me mudar, como você vai fazer. O sujeito se recusa a sair de casa.

— É, qual é o problema? O que tem de tão incrível para ficar em Greenfield o tempo todo?

— Bom, não é Greenfield realmente, é a casa. É o lugar onde ele viveu com a mamãe. Eu não acho que ele vá conseguir amar tanto um lugar quanto ama essa casa.

Cami suspira.

— Isso é tão fofo.

— Eu sei. Exceto quando destrói a sua vida.

— É, o amor pode seguir nas duas direções. Se você deixar.

— Acho que sim. Imagino que, às vezes, você precise diminuir os danos.

— Às vezes, sim — concorda ela.

A pergunta é: Como?

20
Rusty

Dou uma olhada no relógio na parede. Passa das sete da noite.
— O que você ainda está fazendo aqui? — pergunto à minha mãe, conforme ela perambula no quarto. Normalmente, ela me visita várias vezes ao longo do dia e vai embora por volta das seis da tarde para cuidar de coisas da casa.

Ela não me responde no mesmo instante. Apenas anda até mim, os braços cruzados sobre o peito, e se senta na beirada da cama. Parece estar preocupada.

— Eu já te contei que o seu pai voltou depois que foi embora daquela última vez?

Sinto como se precisasse chacoalhar a cabeça para entender. Que inusitado!

— O quê? Do que você está falando?

Ela tem o olhar perdido, um sorriso melancólico nos lábios.

— Seu pai sonhava grande. E era um homem muito determinado. Teimoso. Bem parecido com você. Ela achava que a vida fosse mais do que a vida no interior.

Trinco os dentes. Me irrita pensar nele, pensar no que ele fez com a mamãe, com *a* gente, imagina falar sobre isso.

— Eu sei. Ele era um babaca. Você merecia coisa melhor.

— Você ficava tão animado quando ele aparecia em casa. Sentia-se nas nuvens, até ele desaparecer de novo. Então você ficava deprimido por dias. Às vezes, nem comia. Eu recebia bilhetes dos professores. Era um ciclo. Foi cruel com você.

— Mas um dia ele se foi de vez. Nós ficamos bem sem ele.

— Você tem razão. Ficamos. Mas ele voltou uma vez, e você não sabia disso.

Dou de ombros.

— E daí? O que uma outra vez quer dizer?

— Ele me perguntou se eu iria com ele. Arrumou um emprego com uma cantora country, como *roadie*. Descarregando os equipamentos do caminhão. Ele *sabia* que seria sua grande chance. E queria que nós fôssemos com ele.

Não sei ao certo como eu me sinto diante dessa informação nova, mas estou confuso sobre por que ela me contou isso agora.

— Claramente você disse não para ele, né?

— Certo. Eu disse não. Eu sabia que nada deixaria você mais feliz do que ter nós dois juntos, mas ele não estava pensando em você como deveria pensar. Ele não estava pensando como pai. E a escola? E uma vida estável? Não se pode criar uma criança na estrada, como ajudante de uma cantora country.

— Então ele nos deixou pelo seu grande sonho. Eu já sabia disso, mãe, ainda que eu não soubesse desta última vez em que ele voltou.

— Sim, a conclusão é a mesma. Mas, sabe, eu poderia ter pedido a ele para ficar. E ele teria ficado. E as coisas seriam como sempre foram. Mas eu ainda o amava e queria que ele fosse feliz. Eu sabia que ele jamais seria feliz aqui. E eu sabia que você precisava de mais que visitas esporádicas ou uma vida na estrada. Então, fiz a única escolha que considerei possível. Pedi a ele que ficasse longe. Disse a ele que fosse atrás dos seus sonhos, que encontrasse a felicidade que conseguisse lá fora, mas pedi que nos esquecesse. Eu sabia que você não teria chance alguma de se curar, se ele ficasse entrando e saindo da nossa vida.

Embora eu entendesse *por que* ela tinha feito isso, não tenho certeza se compreendo por que escondeu de mim por tanto tempo. Ela me deixou pensar que ele tinha nos abandonado porque amava os seus sonhos mais do que amava a gente. De certa forma, era verdade. Mas ele teria vindo visitar, se ela não tivesse dito a ele para não fazê-lo. E eu não sei ao certo como me sinto em relação a isso agora, como me sinto em relação a ele. E a ela.

— Mãe, por que você está me contando isso agora? — pergunto, minha voz carregada de frustração.

— Porque eu conseguia ver como te machucava o fato de ele ficar indo e vindo, mas eu nunca percebi como te machucou ele ter ido embora para nunca mais voltar. E eu estou vendo agora. E não quero que você viva a sua vida se baseando num único acontecimento, quando nem tem toda a informação.

Nem sei o que dizer. Quero perguntar de que diabos ela está falando ou se está tomando os remédios de alguém. Mas não pergunto. Porque, quanto mais eu penso no assunto, mais eu sei o que ela está tentando me dizer. E mais eu penso que ela está tentando me ajudar a não perder alguém e me arrepender pelo resto da vida.

21
Jenna

Um latido alto no meu ouvido direito me acorda bruscamente. Depois de passar a noite insone, revirando na cama, agonizando diante da situação com Rusty, não estou totalmente surpresa quando me viro para ver no relógio que é quase meio-dia.

Einstein, meu assustadoramente inteligente e totalmente branco labrador, late mais uma vez, jogando as patas enlameadas ao lado da cama e me arranhando com elas.

— Einstein, não! — brigo.

Ele me olha por alguns segundos, extremamente ofegante. Finalmente, ele tira as patas da cama, se vira e sai em direção ao meu armário. Traz de volta um tênis, deixando-o no chão ao lado da cama, e volta a latir.

— Está muito cedo para andar — digo a ele, deitando a cabeça de volta no travesseiro. Ouço suas unhas na madeira e mais alguns segundos depois outro baque de tênis acertando o chão. E mais um latido.

— Einstein, eu disse não!

Mais um arranhão da pata imensa me faz levantar da cama. Irritada, pego a coleira e reboco o cão para a porta. É quando ouço um ronco alto de motor em frente à casa.

Paro e ouço. Einstein está imóvel, me observando. É um cachorro muito inteligente e esse comportamento não combina com ele. Um arrepio de alerta sobe pela minha espinha.

Ouço quando o motor desliga. Uma porta bate. Depois outra. E então alguém está gritando:

— Ele está no pomar. Por aqui. — A voz tem um sotaque pesado e não é familiar, me fazendo pensar ser um dos catadores.

Mas, se tem alguém machucado no pomar, por que um catador está na casa falando e não o meu pai?

A apreensão me desperta por completo. Pondero comigo mesma que deve ser porque papai ainda está no pomar. Ele não é do tipo que deixaria alguém machucado sozinho. Mandaria outra pessoa buscar ajuda. Provavelmente ligou para a emergência pelo celular e em seguida disse a um dos catadores que esperasse a chegada dos paramédicos.

Pulando da cama e correndo até a janela, abro as leves cortinas cor-de-rosa e dou uma espiada pelas frestas das persianas.

Há uma ambulância na entrada. Vejo um sujeito de cabelo escuro saindo, usando jeans e camiseta branca (é o catador, certamente), orientando dois paramédicos a atravessar o portão e entrar no pomar. Alguma coisa está bastante errada; eles não perdem tempo, conforme desaparecem entre as árvores, carregando a maca entre eles.

Novamente, Einstein late para mim, me incitando na direção da porta. A insistência dele está me deixando mais nervosa do que qualquer coisa, então eu corro escada abaixo até a cozinha e pego o rádio transmissor da bancada. Ele fica sempre no mesmo lugar. Todo mundo sabe que não se deve tirá-lo dali.

Pressiono o botão para falar:

— Pai? Está tudo bem?

Ouço um crepitar da estática seguido por silêncio. Espero por longos segundos por uma resposta. Já que nada acontece. Ligo novamente.

— Cris Theopolis, na escuta?

Falar assim com ele sempre me fazia rir. Desde que eu era uma garotinha. Sempre.

A não ser hoje. Hoje não é engraçado. E por um único motivo: meu pai sempre, sempre, sempre me respondia imediatamente.

Sempre.

Menos hoje.

Como se eu tivesse engolido um pedaço de chumbo, sinto a boca do estômago pesada de pavor. Alguma coisa está muito errada. Posso sentir como um hálito frio na nuca. Os pelinhos do meu braço se arrepiam.

— Papai? — chamo de novo. Sei que minha voz está ansiosa. E que provavelmente não estou soando como eu mesma. É difícil falar com os dedos do medo apertando a garganta.

Finalmente, outro crepitar de estática, e uma voz, mas não é a voz do meu pai.

— É quem? — pergunta o homem, coloquialmente.

O medo se transforma em terror.

— Aqui é Jenna Theopolis. Meu pai é o dono desta propriedade. Preciso falar com ele.

— Tão chegando aí os homens. Vão levar ele pro hospital. Não pode falar agora.

A linha fica muda de novo.

E o pânico se instala.

Estou sozinha. Tenho pouca informação e um peso imenso no peito. E meu pai está no pomar. Em algum lugar. Ferido.

Meu coração retumba nas costelas, ameaçando quebrá-las em pedacinhos se eu não souber o que está acontecendo. Subindo dois degraus por vez, corro até o meu quarto e ponho uma roupa. Menos de cinco minutos depois, pego o radiotransmissor que nunca sai do lugar e saio pela porta da frente, vestida e pronta para vasculhar cada centímetro no pomar em busca do meu pai, se for preciso.

Algo me diz para esperar, que sair não é o melhor a ser feito, mas ignoro essa voz. Não sou o tipo de pessoa "que espera", sou o tipo de pessoa "que age". Para o bem ou para o mal, para fazer um movimento ou seguir em frente, eu ajo. E agora estou agindo. Vou procurar meu pai.

Einstein e eu paramos na cerca. Eu me abaixo e seguro a cabeça dele com as mãos, olhando diretamente para seus olhos sombrios e inteligentes.

— Me leve até o papai, Einstein. Me leve até ele.

Com um latido, ele sai correndo para o leste. Estou no seu encalço, sem perceber que as lágrimas escorrem pelas minhas bochechas e que machuco as pernas à medida que esbarro em troncos e galhos para acompanhar o cachorro, que corre por entre as árvores em vez de pegar as faixas entre elas.

Outro latido, e Einstein vira à esquerda numa fileira. Eu corro para alcançá-lo. Quando estou a céu aberto, vejo que um catador está trazendo os paramédicos na minha direção, de volta para a casa. Entre os dois está a maca. Em cima dela, o meu pai.

— Pai! — grito, minha voz falhando na emoção.

Três pares de olhos me encaram enquanto corro naquela direção. Meu pai não se mexe.

Quando me aproximo, ninguém para. Estão andando muito rápido. Nem mesmo desaceleram para que eu possa falar com meu pai.

Eu ando ao lado da maca. Meu pai está de bruços, coberto por um lençol branco e amarrado à cama para não cair. Uma máscara de oxigênio cobre a parte inferior do seu rosto, um rosto que está anormalmente pálido. Seus olhos estão fechados, e, quando o alcanço para tocar o braço que está mais próximo, suas pálpebras nem se mexem.

— Papai? — Ele não responde. Os cílios não se agitam. Ele não vira a cabeça. Não mexe um único músculo.

Ai Deus! Ai Deus! Ai Deus!

— O que aconteceu? — pergunto para ninguém em específico, para qualquer um que vá me responder.

Um dos técnicos responde. Pela sua expressão, posso dizer que está tentando ser gentil, o que me deixa ainda mais preocupada. O que ele não está dizendo?

— Não temos certeza, senhorita, mas, considerando o que esse homem disse, parece que ele caiu de uma escada e bateu a cabeça. Não saberemos com certeza até levá-lo ao hospital. Ele não respondeu aos estímulos até agora.

O catador desacelera para andar mais perto de mim.

— Caiu da escada. Não acorda. Ligamos emergência.

Na minha cabeça, consigo imaginar. Meu pai é quem faz a primeira colheita. É uma coisa que aparentemente ele e minha mãe faziam juntos, todos os anos, sem falta. E sempre usaram a mesma escada, a escada que tinha sido usada por gerações da família da minha mãe. Aquela maldita escada instável e velha de madeira.

Aquela escada, aquele ritual, significavam o mundo para ele. E talvez tenham custado o meu.

Einstein nos leva de volta ao portão. Não saio do lado do meu pai quando o carregam para a ambulância. Com um estalo, os paramédicos descem as pernas da maca para que fique sobre a calçada, enquanto abrem as portas traseiras.

Ninguém olha para mim. Ninguém diz nem uma palavra sequer. Estou aterrorizada.

Em choque, aguardo enquanto os paramédicos fecham as pernas da maca e empurram meu pai na parte traseira vazia da viatura. Um dos técnicos sobe atrás dele.

— Você pode vir com a gente, caso se sinta à vontade. Se preferir ir dirigindo, tudo bem, mas temos que ir agora. Imediatamente — diz ele, enfático.

Eu entendo muito pouco do que ele diz.

— Minhas chaves — digo, atordoada. Sei que preciso buscá-las.

O técnico concorda com a cabeça.

— Nos encontre lá.

Viro com as pernas bambas para correr até a casa e buscar minha bolsa. Quando volto, a ambulância está saindo. Entro no meu carro e a sigo.

Sinto as pernas dormentes penduradas no meu corpo. Meu pé parece feito de chumbo no lugar onde pressiona o acelerador. Minhas mãos parecem ter congelado onde seguro o volante. Nada parece estar funcionando direito. Meus pensamentos estão confusos e sombrios, agourentos. Sinistros.

No fundinho da minha mente, fico achando que deve ter havido um engano. Ou que ainda estou dormindo, isso não pode estar acontecendo. Meu pai não pode ter se machucado tanto, pode não ter me ouvido chamando seu nome. É claro que ele não me ouviu, ou teria aberto os olhos.

Mas ele continuou imóvel. Tão imóvel.

Minha mente se agita, misturando minhas emoções para transformá-las numa pasta espessa que o pensamento racional não consegue penetrar. Porém, um sentimento espreita por trás de todos os outros, como um pano de fundo inerte e escuro. É a terrível, profunda, angustiante certeza de que algo está tão errado que minha vida jamais será a mesma.

Nunca mais.

No hospital — novamente no maldito hospital —, sigo a sinalização que indica EMERGÊNCIA direto até duas grandes portas de madeira que mostram SOMENTE PESSOAL AUTORIZADO. Ainda confusa com o que a manhã me reservou, eu olho sem reação para a placa, até que um pensamento construtivo encontre apoio. Com um clique mudo, a porta se abre, e duas enfermeiras surgem. Elas sorriem para mim, como se meu pai não estivesse em um quarto ali dentro, possivelmente escorregando para longe deste mundo, levando com ele a única âncora que eu ainda tenho.

Quando passam por mim, aproveito e entro pela porta, sem que ninguém perceba. Sigo devagar pelo labirinto de corredores idênticos, com cheiros idênticos e funcionários idênticos; meus olhos constantemente procurando pelo rosto familiar do meu pai.

Porta comum após porta comum, e nenhum sinal do meu pai. Chego ao fim do corredor e viro. Seguindo em frente, vejo a enfermaria à direita. Conforme passo em frente, noto um quarto com uma atividade intensa. As enfermeiras estão entrando e saindo, carregando coisas diferentes. Uma voz masculina severa está dando ordens, exigindo *coisas diferentes*. Enquanto observo, percebo que não preciso mais pedir a ninguém que me ajude a encontrar meu pai.

Eu o encontrei.

A dor excruciante no meu peito me diz isso.

Paro do lado de fora do quarto, olhando pelo vidro, observando a cena como se pudesse ver um acidente de trem. Um acidente de trem em que o meu mundo inteiro estava nos trilhos.

Ouço as palavras "para trás" seguidas por um estranho som de batida. Sei o que é. Nunca ouvi antes, mas posso imaginar. É a máquina que faz um coração à beira da morte voltar a bater.

Fico de pé, muda e sem me mexer, ouvindo, observando, me desintegrando por dentro conforme a comoção vai morrendo, e ouço uma voz masculina, não mais tão dura, pronunciar a hora da morte.

Como num filme mudo, rostos sombrios deixam o quarto, um por um. Alguns me olham em dúvida, outros não encaram meus olhos. Parece que sabem quem eu sou. Talvez possam sentir a agonia saindo em ondas de dentro de mim.

Finalmente, o médico aparece. Abro a boca para falar, para lhe dizer quem eu sou. Ouço alguém dizer meu nome. Mas certamente não é minha voz, um som quebrado. Com certeza não é.

Mas deve ser. O olhar triste de compaixão do médico me diz isso. Ele diz que não traz boas notícias. E sabe que precisa confiá-las a mim.

Suas palavras chegam até mim de longe, como se ele estivesse falando do outro lado de um grande quarto vazio. Vejo-o estender o braço, com compaixão, pousando uma das mãos sobre meu braço. Sinto seu toque como se eu estivesse usando camadas e camadas de lã.

Ele me pega pelos ombros e me vira, me levando para um quartinho escondido num canto de um dos corredores. Os móveis azul-claros e as paredes calmantes bege são feitas para acalmar, mas eu sinto apenas desespero.

Devastação.

Desgosto.

Vejo que os lábios dele se mexem enquanto ele me conta o que aconteceu. Algumas palavras ecoam na minha cabeça de maneira desarticulada, como *fratura basal craniana*, *fatal* e *instantânea*.

Acho que ele me pergunta sobre outros parentes para avisar e alguém com quem eu possa ficar, mas não sei ao certo. Como um rádio com recepção ruim, estou entrando e saindo do mundo ao meu redor.

Ouço a voz mais uma vez, a voz quebrada da menina. Ela pede para vê-lo. São meus pensamentos, mas é quase irreconhecível para mim.

Observo o médico concordar com a cabeça, solenemente. E então ele está me segurando de novo, me levando de volta pelas portas até um quarto vazio. Bom, não tão vazio. Só não tem pessoas vivas.

Mãos gentis me colocam ao lado do meu pai e depois me empurram para sentar numa cadeira. E então estou sozinha. Com meu pai. Uma última vez. Para dizer coisas que ele jamais vai ouvir e para pedir por coisas que ele nunca poderá me dar.

Suas mãos parecem pequenas e pálidas quando escorrego meus dedos na sua palma gelada. Ele sempre pareceu ser maior que a vida, até suas mãos. Mas esse não é mais o caso. Elas são mínimas diante da morte. Tudo é.

Chego para a frente, no meu assento, e acaricio a bochecha dele. Está dura e fria. Quieta. Lívida. Nunca mais verei o sorriso que enfeitava seu rosto com tanta frequência.

Nunca.

É uma palavra com a qual terei que me acostumar.

Tudo o que considerei garantido, todas as coisas que pensei que ainda teria muito tempo para aproveitar, todas as coisas que estavam sinalizadas com uma etiqueta de "um dia" agora carregam uma que diz "nunca". Todos os "um dia" e os "qualquer dia", todos os "talvez" e "se" agora são nunca. Nunca é a nova constante. A única coisa que será de verdade agora é que ele se foi. Ele se foi para sempre.

Deixo minha cabeça cair em seu ombro uma última vez. A umidade nas minhas bochechas não me impressiona. Nada me impressiona.

Não sei por quanto tempo fiquei assim até uma enfermeira chegar para me ajudar a ficar de pé. Ela me explica alguma coisa sobre ter de arrumá-lo para o velório e então me diz que preciso descansar.

Algo em mim acha isso engraçado: descanso. Descanso? Quem poderia descansar num momento desses? E que tipo de pessoa iria sugerir isso?

O meu rápido entra e sai de sintonia de novo, levando a enfermeira e suas palavras bobas para longe. Distraída, fico imaginando se poderei descansar de verdade novamente. Neste momento, nem tenho certeza se serei capaz de sentir de verdade novamente. Muito menos descansar. Ou ter paz. Ou felicidade. Somente um torpor. Um abençoado torpor.

Ela me leva até a porta, e eu olho para trás, olho para o meu pai uma última vez. E então, com esse único passo para fora do quarto, estou tão longe dele quanto ele está de mim.

22
Rusty

Fico surpreso quando vejo minha mãe entrando mais uma vez pela porta. É sábado, então ela ficou em casa pela maior parte do dia e veio me ver depois do almoço, antes de arrumar alguns papéis do hospital no andar de baixo para voltar para casa em seguida. Mas ela não voltou. E em vez disso está aqui.

— Pensei que você fosse para casa — Ela não me responde imediatamente, o que me dá um tempo para perceber sua expressão. São más notícias. Posso ver na maneira como sua boca se comprime nos cantos. — Por favor, não me diga que decidiram me deixar aqui por mais uma semana.

— Filho, tenho más notícias.

— Bom, e o que é?

Há uma pausa longa antes de ela responder.

— Eu estava vendo algumas fichas com a chefe da emergência lá embaixo quando trouxeram Chris Theopolis.

Usando meu braço bom, dou um soco na cama.

— O quê? O que aconteceu?

— Sofreu um acidente no pomar. Ele morreu, querido.

Tiro meus cobertores e saio o mais rápido que posso da cama. Não hesito. Nem por um instante, nem por um batimento cardíaco.

— Jeff, me ouça. Eu faço o que quer que você tenha que fazer. Mas você precisa ficar parado na cama até que deixem você sair dela.

— Que se dane! Eu vou.

Ando até o armário para pegar as roupas que a mamãe trouxe uns dias atrás.

— Jeffrey, Isso pode te atrasar. Eu poderia...

Furioso, despejo tudo em cima dela.

— Estou cagando, mãe. É a Jenna. — Quando ela não reage e segue me encarando, eu repito: — É a Jenna.

Visto o jeans que deveria usar no dia em que me dessem alta. Mas vou usá-lo hoje mesmo.

Para encontrar Jenna.

23
Jenna

Ouço a buzina de novo. Mais ou menos, eu imagino por que as pessoas ficaram buzinando para mim. Estou em linha reta. Entre as faixas.

Outro carro passa voando, embora eu esteja parada. E é quando eu percebo. Parada. De novo. Pela quarta vez, eu parei no meio da estrada e nem mesmo percebi até um motorista furioso buzinar e passar por mim voando.

A enfermeira da emergência perguntou se havia alguém da família para ela telefonar. Enquanto eu fazia uma lista mental e não pensava em ninguém, a encarava com uma expressão vazia. Minha mãe tinha morrido. Meu pai está morto. Meu irmão está bem, em algum lugar. Não aqui. Eu respondi que não, que não havia nenhum familiar para ela telefonar.

Eu podia ter pedido para ela ligar para Cami, mas ela parece estar tão distante de mim agora. Sua vida é feliz e perfeita, não há lugar para problemas e lamentos, imagine mortes e perdas.

Sem ela, estou realmente sozinha. Completamente sozinha. Nesta cidade, a única pessoa além dela que significa algo para mim nem liga se o meu mundo explodiu. Ele deixou seus sentimentos a meu respeito bem claros.

Quando viro na rua comprida que leva até minha casa, eu me lembro de que, algumas semanas antes, eu estava gostando da sensação de conforto que essa parte do caminho me trazia. Agora sinto um vazio. Oco. Doído.

Assim que estaciono na vaga de sempre, saio do carro e, com as pernas tensas, caminho até os degraus da varanda. A porta está levemente entreaberta, não me preocupei em fechá-la antes de sair atrás da ambulância.

Eu a abro e paro, já no hall de entrada, para ouvir, cheirar, sentir a casa da maneira como sempre fiz. Mas eu não posso. Essa não é a casa para a qual eu voltei todos os anos por tanto tempo. É só o lugar no qual o meu pai não mais está. Não passa de uma série de quartos vivos apenas pela lembrança de seus fantasmas. Nada mais.

Ouço um estalo insistente e desvio o olhar para encontrar Einstein parado na porta da cozinha. Seus olhos me observam, sombrios. Ele se deita no chão e apoia a cabeça nas patinhas, um latido suave vem guinchando do fundo da garganta dele. Ele sabe que tem algo errado. Errado demais.

Passo por ele e entro na cozinha. Vejo meu pai esquentando frango frito para mim e coçando o topo da minha cabeça do jeito adorável que costumava fazer. Eu me viro, na direção da sala de estar. Ali vejo meu pai rindo e comendo pipoca e me dando conselhos filosóficos. Eu me volto para a escada e sei que acima fica o seu quarto — agora para sempre frio e vazio.

Não há mais alegria alguma aqui, nenhum conforto. Há dor, perda e um futuro sem meu pai. As tábuas do chão não têm mais cheiro de xarope de pêssego. Têm um cheiro hediondo de desgosto. As paredes não se agitam mais com as risadas, balançam com o pesar. O ar não tem mais cheiro de casa, tem cheiro do meu inferno particular.

Então eu corro.

Corro pela casa e pela porta, de volta para a estrada. E fico lá parada. Olhando para a casa. Sabendo que não posso entrar ali de novo. Não agora. Talvez nunca mais.

Devagarinho, esta cidade tomou cada pedacinho da felicidade que eu já tive. Engoliu-a e me deixou quebrada, sozinha, encarando uma casa vazia com uma vida vazia.

Sinto a primeira gota como se fosse uma lágrima gelada na minha bochecha e vejo que a chuva começa. Lenta no começo, como se o céu de repente estivesse sentindo minha dor. E então, como o buraco no meu coração, a chuva aumenta e chora por mim, se derramando sobre meu rosto virado.

Imune ao aguaceiro, fico parada na chuva, olhando para a casa. Desejo, de coração, que as gotas a levem. Juntamente com a dor.

Olho para as janelas, fendas negras me encarando de volta, caçoando de mim pelo que não está mais atrás delas, por *quem* não está mais atrás delas. E jamais estará de novo.

Num segundo, a linha tênue que segura minhas emoções está firme, no seguinte se partiu. E a represa se rompe.

Um grito ecoa pela minha cabeça como o choro de um coiote ecoando por um cânion; sai dos meus pulmões, do meu peito, dos lábios, num longo e agonizante gemido. A chuva rouba o som, levando-o ao chão, que está tão morto quanto meu pai. E, mais uma vez, estou absolutamente sozinha no silêncio.

Me afastando da casa, dou uma corrida pelo portão até o pomar que tirou a vida do meu pai. Se eu tivesse uma faca, cortaria a casca de cada árvore por qual passasse até que a vida delas se esvaísse em riachos espessos e grudentos. Uma penalidade pela vida que tomaram.

Não consigo enxergar além das lágrimas, além da chuva. Além da dor. Meu pé acerta um buraco, e eu perco o equilíbrio. Vejo o chão se aproximar do meu rosto numa velocidade alarmante. Meus joelhos acertam o chão primeiro, e o impacto chega até meus dentes. Fecho os olhos e jogo os braços para que me envolvam. Mas, antes que meu corpo inteiro acerte o chão, dedos fortes estão envolvendo meus ombros e impedindo a queda.

Por um instante, fico confusa. Depois, reconheço. Não preciso olhar para trás para saber quem me segurou. Quem me pegou. Quem me salvou.

Rusty me vira na sua direção. Eu encaro os seus olhos. Há uma dor profunda ali, embora sejam um reflexo da minha própria dor.

— Jenna — sussurra ele, baixinho.

— O que você está fazendo aqui?

Seus olhos procuram os meus.

— Eu vim por você.

— Mas por quê? — pergunto, relutante em ceder à esperança que me deixou tão devastada tantas vezes antes.

— Para o caso de você precisar de mim — responde ele, simplesmente.

O rancor vem à tona, juntamente com a dor. E isso confunde meus sentimentos.

— Você não deveria ter vindo. Eu não preciso de você.

Vejo a mágoa passar por seus olhos.

— E se for *eu* quem precisa de você?

— Só que você não precisa. Já deixou isso bem claro.

— Fui um idiota, Jenna. Fui um orgulhoso, um arrogante idiota. Mas estou aqui agora. Isso não conta para alguma coisa?

— Não, não conta. Não pode contar. Não *pode*. — A voz sai num assobio e vai ficando mais e mais alta conforme sou levada pelas minhas emoções. — Eu não posso mais esperar por você, Rusty. Não posso perder mais ninguém. Meu coração não aguenta. Você teve a sua chance e estragou tudo. Agora me deixa em paz e dá o fora das minhas terras.

Giro o corpo, tentando me livrar do seu aperto firme, mas não levo nenhuma vantagem. Apesar de ter um dos braços engessado, Rusty ainda é mais forte do que eu.

— Não posso. — Ele rosna na minha cara.

— O que você está fazendo aqui, afinal? — grito, jogando minha ira para o mundo, transformando minha ira com a vida em ira com Rusty. — Você não deveria estar no hospital se esquecendo de mim?

— Eu estava. Mas saí.
— Então volte. Não quero você aqui.
— Não posso — diz ele de novo.
— Por que não?
— Porque eu vim por sua causa, Jenna.
— Por quê? Eu não pedi que viesse. Eu nunca te pedi uma *única* coisa. Mas estou pedindo agora. Estou pedindo que você vá embora. Vá embora. Me deixe sozinha!

— Não posso — responde ele, contrariado, o rosto a máscara retorcida de uma alma torturada.

— Por quê? — devolvo.

— Porque não posso deixar você ir embora. Eu amo você demais.

Meu coração para por um instante, dividido entre júbilo e devastação. Mas não posso me permitir contar com o júbilo. A devastação a seguir pode me destruir.

— Você não pode me dizer isso hoje. Você não pode fazer isso comigo hoje. Eu perdi tudo. *Tu-do.* Você não pode voltar para a minha vida e depois sair de novo, seu cachorro — grito, batendo os punhos contra o peito dele. — Você não pode fazer isso comigo hoje. Você... não... pode fazer... isso — Minhas palavras são sufocadas pelos soluços que não consigo mais conter. Subitamente desprovida da capacidade de ficar de pé, eu desfaleço na lama, ficando na vertical apenas por causa das mãos de Rusty que seguram meus braços.

— Jenna, por favor — sussurra ele, tentando mais uma vez me puxar até o peito dele com seu braço saudável. Dessa vez eu deixo. A capacidade de lutar se foi logo que comecei a soluçar. — Me deixa te ajudar. Me dê só este dia e depois eu vou embora. Só hoje. Por favor, Jenna. — Quando ele para de falar, sinto um suspiro vindo dos pulmões. — Por favor.

Exausta, finalmente desmonto sobre Rusty. Ambos de joelhos, sob a chuva, na lama, enterro o rosto no pescoço dele e choro. Do fundo da minha alma, eu choro. Cada soluço parece me rasgar, cruelmente arrancado de um lugar que nunca deveria ter sido alcançado com tanta crueldade. E fico largada, viva apenas fisicamente, com nada além de feridas abertas e um sangue que jorra, mas ninguém mais vê.

Quando estou tão rouca que os soluços já não passam de resmungos e tão exausta que as lágrimas dão lugar à chuva, de algum modo, com o braço que funciona, Rusty me nina gentilmente contra seu corpo, se levanta e me carrega para longe do pomar.

24
Rusty

Carrego Jenna até a porta da frente da sua casa, pensando somente em tirá-la da chuva. Mal ouço quando ela fala bem baixinho no meu ouvido:

— Qualquer lugar, menos aqui. Não posso voltar aí pra dentro.

— Tudo bem — digo a ela, desviando na direção do carro da minha mãe. Dou um jeito de pôr Jenna no banco do passageiro e ligo o carro. Mas então me dá um branco. Para onde eu posso levá-la?

Somente um lugar me vem à mente. O único lugar em que ela se sentiria melhor, eu acho.

A casa de Cami.

Dirijo com cuidado. Para minha primeira vez de volta ao volante, é um pouco tenso estar na chuva, em um carro desconhecido e com Jenna de luto ao meu lado. Ah, e meu braço direito está no gesso. Diabos, não consigo pensar em condições piores.

Finalmente chegamos à casa de Cami. Estaciono e ando até a porta do banco do passageiro. Abro-a e me inclino para retirar Jenna dali, sem lhe dar chance de nada que não seja eu a carregando de novo. Sinto como se *tivesse* que carregá-la. Talvez mais do que ela precise que eu o faça.

Uma vez nos meus braços, percebo que ela não teria argumentado, de todo modo. Ela está dormindo. Não sei direito se isso é bom.

Eu corro até a porta e toco a campainha. Trick atende em alguns segundos.

— Que diab... — Ele franze a testa, confuso, enquanto olha de Jenna para mim, e de volta para as pernas dela sobre o meu braço engessado.

— Posso usar o seu quarto do andar de baixo? — pergunto, baixinho.

— É claro — diz ele, sem hesitação, abrindo bem a porta para que possamos passar.

Ele não faz perguntas, e eu admiro isso. É coisa de homem.

Estou a caminho da cozinha, quando Cami aparece no batente da porta.

— Aimeudeus, o que houve? — exclama, correndo até mim e os olhos grudados em Jenna.

— *Shhh* — alerto. — Ela está bem, só me deixe levá-la para baixo e eu volto para explicar.

— Não! Me diga agora! Ela está bem? O que aconte...

— Cami! — Eu me irrito e a interrompo. Ela fecha a boca e me olha. Eu acrescento: — Por favor.

Os olhos violeta dela perfuram um buraco nos meus quando ela me estreita o olhar. Ela não diz nada por alguns segundos. Tenho certeza de que está debatendo se é sábio deixar a melhor amiga sob meus cuidados, quando fui um imenso babaca. Mas ela cede.

— Certo, mas volte aqui imediatamente — vocifera.

Eu concordo com cabeça e continuo em direção à escada que leva ao porão. Acendo a luz com o cotovelo e desço os degraus até o andar fresco e silencioso.

Paro quando chego ao fim da escada, porque a luz dela só ilumina alguns centímetros em cada direção. Quando saio para a escuridão, é como se estivesse entrando numa paz abençoada. A luz me mostrou problemas demais ultimamente. Podia ser bom alguma escuridão. Uma escuridão na qual há somente Jenna e eu. E talvez mais uma chance para eu *não* estragar tudo.

Me guio pela memória e levo Jenna para o quarto de hóspedes que Trick e Cami arrumaram aqui, embaixo. Eu mal consigo distinguir a cama sob a decrescente luz do dia, que se infiltra pela pequena janela no topo de uma das paredes. Sigo e a deito com bastante cuidado sobre o colchão macio. Ela se agita um pouco.

Eu me inclino e aperto os lábios contra sua testa. Não sei se Jenna faz ideia de que continua neste mundo agora, mas eu falo com ela mesmo assim:

— Descanse, Jenna. Eu já volto. Prometo — sussurro. Ela não responde. Alguns segundos depois, ela se vira de lado e eu ouço sua respiração ficar mais profunda e constante. — Vou estar aqui a cada vez que você abrir os olhos. Eu juro — digo. Desta vez, é mais para mim do que para ela.

Volto para cima pela escada. Cami está esperando no último degrau, os braços cruzados sobre o peito, o inferno em seus olhos.

— Que merda, Rusty, o que tem de errado com ela? O que você fez?

— Não levante a voz — digo a ela. — Eu não fiz nada para ela. O pai da Jenna morreu num acidente no pomar hoje.

Cami engasga e em seguida leva as mãos até a boca, seus olhos se enchem de lágrimas.

— Ai, meu Deus! Ai, meu Deus! Coitada da Jenna! — Ela fecha os olhos e desliza a mão para cobrir o rosto inteiro. Trick sai de trás de mim e a puxa para seus braços. Eu lhes dou alguns minutos. Minutos para que Trick conforte Cami e para ela se recompor. Ela conhece o pai de Jenna há muitos anos. Sem dúvida que também sente dor e desamparo, sem mencionar compaixão pela melhor amiga.

Quando ela descobre o rosto e enxuga as lágrimas, continuo:

— A mamãe estava na emergência, então veio me contar assim que soube. Jenna já havia deixado o hospital, por isso eu fui até a casa dela. Eu a encontrei na chuva. Ela não queria entrar na casa, por isso eu a trouxe até aqui.

— Que bom que você fez isso — diz Cami, a ternura de volta ao seu olhar. — Eu tomo conta dela. Tenho certeza de que você precisa descansar. Você não deveria estar fora do hospital ainda, né?

— Estou bem. E vou ficar com ela esta noite, se você não se importar.

— Realmente não precisa fazer isso. Rusty. Eu garanto que ela vai saber...

— Não me leve a mal, Cami, mas não é um pedido. Eu vou ficar. Senão eu vou levá-la comigo quando for embora.

Cami me olha, desconfiada, porém, mais uma vez, ela cede.

— Tudo bem, tudo bem. Eu posso vê-la, pelo menos?

— Eu venho te buscar quando ela acordar, mas quero estar lá quando isso acontecer.

Cami balança a cabeça, possivelmente em aprovação. Não tenho certeza.

— Justo.

Ela olha de mim para Trick, depois se vira e caminha devagar em direção à sala de estar. Sei que ela não gosta, mas pelo menos reconhece que não vou mudar de ideia sobre isso. Ela aceita ou não. Fica a seu critério. Ela aceita.

Garota esperta.

25
Jenna

A vida, ou o que parece ser uma cópia razoável dela, desacelerou. Primeiro, uma série de lampejos de lembranças e sons, de pessoas e lugares.

Havia os diversos quartos da casa. Depois havia as janelas vazias dos quartos do segundo andar. Depois o rosto de Rusty na chuva. E o painel de um carro desconhecido.

Eu acordo algum tempo depois, num quarto escuro, com a fraca silhueta de Rusty pairando sobre mim. Nos entreolhamos por uma eternidade. Ou por alguns segundos. Não sei definir direito. Fiquei perfeitamente imóvel conforme o colchão afundava, e ele se esticava ao meu lado, me puxando para seus braços.

Houve mais um tempo depois disso. Horas ou dias, eu não sei, mas acordei novamente no mesmo quarto escuro. Sob a minha orelha, um coração e uma respiração profunda e ritmada. Levantei a cabeça para confirmar o que eu já sabia. Era Rusty. Rusty tinha dormido me segurando.

Ainda assim, passou mais tempo. E ainda não sei quanto tempo. Acordei, assustada com os gritos de uma garota. Rusty teve que afagar meu cabelo e me acalmar com suas palavras para que eu percebesse que a garota era eu. E que aquele grito era meu.

Depois disso, me lembro da luz do dia. E de Rusty. Imóvel. Constantemente, pareceu.

Havia preocupação em seu rosto e nos olhos. Mas havia outra coisa também. Algo em que eu me recusava a pensar. Depois eu dormi.

Houve algumas vagas impressões também. Dedos na minha bochecha, lábios contra os meus, palavras sussurradas ao ouvido. Alguma coisa que fazia meu coração cantar e chorar, tudo no espaço de um movimento. Então mais uma vez voltei para o sono.

Quando não pude mais me esconder, acordei e vi Cami sentada na cadeira de balanço num canto. Eu a observei por alguns segundos, antes de me mexer. Ela parecia cansada conforme balançava para a frente e para trás, a cabeça apoiada no estofado, os olhos fechados. Imaginei rapidamente o que estava pesando tanto sobre ela.

Sua cabeça se ergueu e os olhos se abriram, grudando imediatamente nos meus. Eu soube o que a estava preocupando. Eu.

Ela veio até a cama, se enroscou do meu lado, entrelaçou os dedos nos meus e nós choramos. Juntas. Não sei por quanto tempo fizemos isso antes que eu caísse de novo no sono. Quando acordei, ela estava com outra roupa, parada na porta.

— Onde está Rusty? — perguntei.

— Ele disse que te pediu um dia e que você deu esse dia a ele. E que ele voltaria, se você quisesse.

Meu coração se partiu um pouquinho mais. Não sei bem por quê. Talvez porque ele já estivesse em milhões de pedacinhos, e a felicidade machuca tanto quanto a tristeza. Ou talvez porque eu fosse incapaz de separar as duas coisas. Talvez sejam iguais, uma só. Ou talvez uma não possa existir sem a outra.

Depois daquele momento, o tempo acelerou num borrão, uma rápida sucessão de imagens e lugares, de emoções e decisões confusas, tudo isso contra um pano de fundo de dor e desamparo inimagináveis. Eles corriam juntos, fora do meu controle, como tinta aquarela sob a chuva fria e implacável.

Houve decisões a tomar, agentes funerários para contatar, canções para escolher e lápides para escolher. Houve a lembrança de ligações telefônicas, mas somente uma foi feita, para o meu irmão Jake. Embora normalmente esteja tão distante emocionalmente quanto tem estado geograficamente, ele prometeu que viria. Aquilo se sobrepôs ao restante.

E agora, de algum modo, eu estou aqui. Num cemitério. Sob a luz do sol. Num vestido que não me lembro de ter comprado, em frente a um caixão que não me lembro de ter escolhido.

Meu irmão está parado ao meu lado, parecendo uma versão triste e amarga do meu pai, com seu cabelo preto, pele morena e olhos cor de âmbar. Cumprimentamos as dezenas de pessoas que vieram deixar seus sentimentos para meu pai. Meu irmão assente educadamente e eu digo coisas que realmente não quero dizer para pessoas que realmente não conheço à medida que passam em fila indiana. Eu as vejo chegar e as vejo partir e tudo o que eu sinto é... um vazio. E solidão.

Nem mesmo a presença de Ellie, a irmã vingativa e invejosa da minha mãe, me tira do estupor. Reconheço seu cabelo loiro e o vestido cafona quando ela entra na fila. Percebo o cheiro de vodca em seu hálito e a maneira como curva os lábios, desgostosa. Ainda assim, não me sinto presente. Não inteiramente.

Eu ouço quando ela fala, mas não entendo de fato o que está tentando dizer. E algo em mim diz que eu realmente não quero. Pelo menos, não hoje.

— Sinto muito pelo seu pai. — Eu a ouço balbuciar. — Você já leu o testamento e tomou todas as providências?

Não respondo. Simplesmente observo, querendo que ela suma. Ou eu.

— Bom — continua ela. — Me avise quando eu precisar ir até lá. Tenho certeza de que ele deixou provisões para vocês, como um bom pai faria, mas aquele pomar deve ficar para mim. Por direito. Já que vocês não têm interesse em morar lá, como Turkey e eu temos...

Uma parte minha, a parte em que eu pareço estar a distância, observando, está se irritando. Ameaça penetrar meu ser adormecido. Mas eu resisto.

— Do que você está falando, Ellie? — pergunta Jake, se aproximando de maneira protetora.

— Jake, querido, você sabe tão bem quanto eu que vocês dois não querem o pomar. E ele deveria vir mesmo para mim em seguida, de qualquer modo, então por que não conversamos simplesmente com os advogados e fazemos eles prepararem os papéis para mim e para Turkey? Você vai se sentir melhor não tendo que se preocupar com aquele pedaço de terra.

— Eu não vou fazer merda nenhuma — Jake reage. — Minha mãe se reviraria no túmulo só de imaginar que eu daria o lugar que ela amava tanto para você.

Mesmo da minha realidade confusa, vejo o comportamento meloso de Ellie se dissolver para o desprezo.

— Vamos ver o que os advogados têm a dizer sobre isso, então. Tentei resolver de forma gentil, mas você está dificultando bastante que eu seja compreensiva, meu filho.

— Não sou seu filho — rosna Jake. — E vamos ver quem termina com o quê. Agora tira esse traseiro esfarrapado daqui antes que eu fique realmente bravo.

Sei que eu deveria sentir raiva. Posso notar pelo jeito como Jake me olha, como se estivesse me esperando falar. Mas não faço nada. Porque não consigo. Não consigo sentir nada agora. Simplesmente observo, como se estivesse assistindo a um jogo das laterais, enquanto Ellie encara Jake, pega pelo braço o marido dela, Turkey, e o leva embora.

— Vamos embora. Eu sabia que isso seria perda de tempo.

A fila começa a diminuir. Enquanto isso, um pensamento aleatório fica se repetindo na minha cabeça sem parar.

O que eu faço depois disso?

Nenhuma resposta me vem. Aperto uma mão depois da outra, aceito abraço depois de abraço, até que não tenha mais ninguém na fila e somente e Jake e eu estejamos no cemitério, sozinhos.

Enquanto estou olhando para as lápides ao meu redor, todas reluzindo sob a luz do sol, como tantos diamantes escuros, eu o vejo.

Rusty.

Parado sob a sombra de uma árvore, ele está de terno preto, a parte de cima jogada em cima de um dos ombros. Seu braço direito está livre, coberto apenas por uma blusa larga branca, com os botões da manga abertos para caber sobre o gesso.

Não sei por quanto tempo ele esteve aqui, mas algo em mim diz que foi desde o começo.

A distância, nós nos encaramos. Depois, devagarinho, como o entardecer se transformando na escuridão da noite, sensações começam a me tomar: a brisa suave na minha pele, o sol no meu rosto, a dor na minha alma, a certeza no meu coração.

Tudo na minha visão, no meu mundo, entra em foco enquanto estou parada, prendendo a respiração, encarando Rusty. Esperando. Finalmente, com a claridade que somente uma grande tragédia pode trazer, eu *vejo* Rusty. Vejo *de verdade*. Vejo o medo com o qual ele viveu e vejo a insegurança com a qual ele cresceu. Vejo o cara por quem me apaixonei e vejo o homem que ele se tornou desde que o destino se intrometeu e nos colocou juntos.

Dou um passo à frente e paro. E espero. Sem se mexer, ele me observa, e com isso eu dou mais um passo. E outro. E mais um, andando até estar perto o bastante para sentir o cheiro do seu sabonete, me envolvendo como uma névoa de conforto.

— Eu sei que não deveria ter vindo — começa ele.

— E veio por quê?

— Porque eu não podia ficar afastado. Precisava saber se você estava bem.

— Estou bem — garanto a ele, embora nós dois saibamos ser mentira.

— É isso? Com isso você vai embora?

— Eu não quero, mas vou se for o que você quer.

— Eu nunca quis que você fosse embora, Rusty.

— E eu nunca quis que *você* fosse embora — responde ele. — Mas eu sabia que você iria. Eu sabia que você precisaria ir.

— Então por que você disse aquelas coisas?

Rusty respira fundo e fica com o olhar perdido antes de se voltar para mim.

— Eu estava tentando fazer a coisa certa. Para nós dois.

— E agora? O que você está tentando fazer agora?

— Sobreviver — diz ele, simplesmente.

Minha mente confusa não está funcionando bem o bastante para entender charadas, e eu espero. Espero que ele se explique.

— Jenna, eu posso sobreviver sem você. Posso existir — começa ele, as palavras me fatiando como se fossem uma faca cortando manteiga. — Mas não seria o tipo de existência que eu gostaria de ter. É *você* que faz a minha vida valer a pena. Você é a luz da minha vida, as risadas, os sorrisos. As noites quentes e as brisas frescas. Você é cada lembrança boa, momento bom e sonho bom que eu já tive, tudo embrulhado numa coisa só. E, se você for embora, você leva junto a única parte minha que está viva. Sem você, daria no mesmo eu estar morto. Então, sim, eu posso sobreviver sem você. Mas estaria fazendo só isso. Eu não sei como me desculpar por ter sido um babaca e um idiota e por ter deixado uma coisa estúpida como o medo ficar entre mim e a única chance que eu vou ter de ser feliz. Não sei como te dizer que te amo por tudo que você *é,* e vou te amar por tudo o que você *vai ser.* Não sei como te dizer que, quando minha mãe contou sobre o seu pai, eu senti uma dor no peito, literalmente, só de pensar em você em algum lugar, sozinha e sofrendo, sem que eu estivesse por perto para te segurar enquanto você chorava. Não sei como te dizer que eu seguiria você até os confins da Terra só para te ouvir dizer mais uma vez que me ama. Me ajuda, Jenna. Me ajuda a dizer as coisas certas. Me ajuda a *fazer* as coisas certas. Me ajuda a ser o tipo de homem que você queira passar o restante da vida amando. Porque é quem eu quero ser.

Enquanto estou de pé, peito a peito com Rusty, ouvindo sua voz rouca, deixando que a sinceridade nele me lavasse como uma onda de limpeza, percebo que é inteiramente possível experimentar a dor mais agonizante e a alegria mais maravilhosa ao mesmo tempo na vida. E que talvez seja a presença de uma que amplie a outra.

Olho para trás, para o caixão de mogno que reluz do outro lado do cemitério, e eu sei que meu pai é um espectador. Como eu sempre esperei, ele está aqui comigo em um dos dias mais importantes da minha vida. E sempre estará. Talvez eu não seja capaz de tocá-lo ou sentir seus braços ao meu redor, mas ele está aqui do mesmo jeito. Vou carregá-lo comigo. Sempre.

Com o primeiro sorriso que eu abro em dias, fico de costas para Rusty.

— Eu não preciso de nenhuma dessas coisas, Rusty. Nunca precisei. Tudo que eu sempre quis, tudo que eu sempre *precisei,* foi o seu amor. Contanto que eu tenha isso, nada mais importa.

— Mas eu...

— *Shhh* — digo, pousando um dedo sobre seus lábios quentes. — Não. Chega de desculpas. A vida é curta demais para voltar atrás. Para *olhar* para trás. Seu amor é tudo o que importa. É tudo que sempre vai importar.

— Eu te amei desde que te conheci, Jenna. E vou te amar depois que já tiver deixado este mundo.

Passo os braços em torno do seu pescoço, dando uma piscadela maliciosa.

— Por que você demorou tanto?

Ele sorri para mim.

— O trânsito estava um inferno.

Dou risada, enquanto os lábios dele cobrem os meus. E, sob a luz do sol, sinto que meu pai está sorrindo para mim — os dois homens que eu mais amei na vida estão aqui comigo. Para sempre no meu coração.

Epílogo
Jenna

Três meses depois

— Queria saber do se trata tudo isso — devaneio em voz alta para Rusty, enquanto ele dirige pelas curvas e voltas que levam à casa de Cami e Trick.

É a primeira vez que voltamos a Greenfield em um mês. Jake está ficando na casa, como um cachorro que não larga seu osso. Cuidando de Einstein e fazendo o que pode para impedir minha tia de pegar nossa herança. Estou aliviada por ele ter se oferecido para fazer isso. Ainda tenho problemas em entrar pela porta da frente. Mas isso não quer dizer que eu deseje que Ellie fique com a casa. Só preciso de tempo. E Jake está me dando esse tempo.

Quanto a mim e Rusty, temos ficado ocupados: eu com o trabalho novo, Rusty com a fisioterapia e com a montagem da sua nova oficina em Atlanta. E nós dois com deixar o nosso apartamento com cara de "lar".

— Tenho minhas suspeitas. Desde que Rags ganhou a última corrida, e eu nem sei quantas vitórias são com essa, Trick começou a receber todo tipo de oferta para treinar cavalos. E para criar também. Todos querem um pedacinho do Rags. Mas, pelo que sei, ele não foi adiante em nenhuma negociação. Fico pensando se ele já aceitou ou se está se preparando para isso. De todo modo, você sabe como ele é. Tão dramático e misterioso quanto meu testículo esquerdo. Esse suspense todo deve ser ideia da Cami.

— Claro que é, bobinho. Algum homem por acaso é o dramático da relação?

— Exatamente, o que me faz pensar que...

— Espere! — grito, levantando a mão para impedi-lo. — Retiro o que eu disse. Não quero saber o que você acha. Quero ser surpreendida.

Rusty dá de ombros.

— Tanto faz.

Estou olhando para a paisagem pela janela, apenas pensando, quando passamos por uma estradinha que eu não havia notado antes.

— Sabe aonde vai dar?

Quando Rusty não responde, dou uma olhada para ele. Ele está olhando pelo retrovisor.

— Eu não sei — admite, virando o olhar na minha direção. — Mas que tal darmos a volta, vermos para onde vai e termos um prazer vespertino antes de ouvir a grande notícia?

— Não. Não podemos fazer isso. Eles estão nos esperando.

— Nós não vamos demorar — diz ele, com um risinho.

— Ah, você não está nem um pouco preocupado comigo, é o que está dizendo?

— Você está dizendo que acha que eu não consigo fazer a minha mágica nesse seu corpo delicioso nesse espaço de tempo?

— Não, não estou dizendo isso. Eu quis dizer que...

— Desafio aceito — diz ele, com um sorriso, parando o carro bruscamente para depois fazer um retorno em U.

Catorze minutos depois, estamos de volta à estrada, os dois com sorrisos bem satisfeitos no rosto.

— Duvide de mim outra vez — Rusty diz, com um meio sorriso presunçoso. — E veja o que acontece.

— Felizmente.

Ele se inclina e pega minha mão, trazendo meu pulso aos seus lábios antes de pousar nossos dedos entrelaçados sobre sua coxa. Um sorrisinho surge em seu rosto enquanto ele segue a estrada até a casa de Cami. Pouso a têmpora no encosto de cabeça e observo Rusty. Não consigo não pensar em como a vida é cheia dos mais inimagináveis e preciosos momentos.

Menos de quinze minutos depois, estamos no sofá de Cami, segurando taças de champanhe, observando Trick e ela sorrindo um para o outro.

— Pelo amor de Deus me conte ou encare as consequências — digo quando não aguento mais nem um segundo de suspense.

— Você é tão impaciente! Nos dê um minuto!

— Por quê? Você está juntando coragem para ficar nua e perguntar se topamos um swing? Porque eu posso te poupar desse constrangimento.

— Ai, meu Deus, Jenna! É claro que não.

— Então fala logo, mulher! Anda, anda!

— Não é tão fácil. Estamos esperando um telefonema.

— Um telefonema?

Minha curiosidade está oficialmente aguçada.

O silêncio se prolonga, e, bem quando eu estou prestes a abrir a boca de novo, o celular de Trick toca.

Ele sorri e diz:

— Ela está? — pergunta. — Que ótima notícia. Obrigado por me ligar com os resultados.

Quando ouço aquilo, cubro a boca com uma das mãos e luto para não chorar.

— Aimeudeus — murmuro.

Antes que eu possa dizer qualquer outra coisa, Trick finalmente fala:

— Era do veterinário. Eles acabaram de receber os resultados do exame de sangue.

Deixo a mão cair.

— Do veterinário? O que...? — Eu obviamente estava chegando a uma conclusão bastante equivocada.

— É. Eu usei o dinheiro de algumas das vitórias de Rags para cruzar a Patty com um garanhão que ganhou o Derby de Kentucky duas vezes, e o Preakness uma. — Tricky olha na direção de Cami e sorri antes de voltar sua atenção para nós dois. — O exame de sangue confirmou que ela está prenha. Seja macho ou fêmea, vamos chamar de Justy, em homenagem a vocês. Os padrinhos.

— Como é que é? Estou confusa.

Olho para Rusty, e ele parece estar tão confuso quanto eu. Nós dois nos voltamos para Trick.

— Cara, você vai ter que soletrar isso aí. Acabamos de batizar uma mata perto daqui, e nossos cérebros não estão funcionando completamente ainda. — Rusty é honesto. Dou um tapa em seu braço pela confissão, mas, quando ele pisca para mim, só consigo sorrir.

— Mais tarde falamos sobre as regras e regulamentos para, ahan, uso *aceitável* da minha propriedade — provoca Trick, sério. — Agora estamos só pedindo a vocês dois que sejam os padrinhos do nosso bebê.

— Ahhhhh. — Rusty e eu respondemos ao mesmo tempo. — É claro que vamos ser padrinhos dos seus filhos. Por que pensou que seria diferente?

— Bem, nós meio que imaginamos que vocês seriam — diz Cami. O sorriso dela diz que há mais. Quando ela não continua imediatamente, eu engasgo e ponho as mãos sobre a boca novamente.

— Aimeudeus, aimeudeus, aimeudeus!

O sorriso de Cami fica maior, o de Trick vai de orelha a orelha.

— Estou perdendo alguma coisa? — pergunta Rusty.

Cami vira os olhos brilhantes para ele quando Trick vem por trás e enrosca os braços em volta do pescoço dela para abraçá-la.

— Estou grávida, Rusty. Trick e eu vamos ter um bebê.

As lágrimas escorrem pelo meu rosto e entre meus dedos quando Rusty se levanta, pega a taça de champanhe de Cami e bebe num gole só.

— Acho que você não precisa disto, então.

Nós todos rimos.

Está ficando cada vez melhor e melhor.

Epílogo
Rusty

A pele de Jenna ainda está úmida da pilhagem que fiz com ela há pouco. Meus dedos escorregam suavemente pela sua barriga chapada. Faço círculos ali, em volta do seu umbigo e entre as costelas. Em momentos como este, eu me sinto ainda mais grato por ter me recuperado tão bem. Eu odiaria sentir falta de tocar Jenna dessa forma.

— Em que você está pensando quando faz isso? — Jenna pergunta.

— Isso o quê?

— Quando toca minha barriga assim.

— Eu faço muito isso ou algo assim?

— Nos últimos dias tem feito. Estou engordando por acaso?

Reviro os olhos e ela sorri. Ela não está engordando e sabe disso. Jenna tem um corpo que noventa e nove das mulheres do mundo mataria para ter. Eu mataria também. De um jeito diferente, mas mataria.

Volto a explorar a misteriosa paisagem que é seu abdome.

— E então?

— E então o quê?

— Você vai me dizer o que é isso ou não?

Dou de ombros, tentando parecer indiferente.

— Tenho pensado nela um pouco mais redonda, em como você ficaria grávida.

Há uma longa pausa.

— Isso te preocupa?

— Me preocupa? Claro que não. Não consigo imaginar como seria tocar você assim, sabendo que o meu bebê, o *nosso* bebê, está crescendo dentro da sua barriga.

Ela balança a cabeça, mas não diz nada.

— O quê? Isso te incomoda?

Ela balança a cabeça de novo. Percebo que Jenna está segurando as lágrimas. Seus olhos brilham de um jeito diferente quando ela está tentando não chorar.

— Então o quê?

Leva ao menos um minuto inteiro para ela me responder, e, mesmo assim, sua voz parece fraca.

— Eu só não sabia que você pensava nesse tipo de coisa.

— Não? Você não pensa nesse tipo de coisa?

— Às vezes.

— E?

— E o quê?

— Isso te deixa feliz? Pensar em ter o meu bebê? Ter o *nosso* bebê?

Percebo que ela está ficando engasgada de novo. Jenna apenas concorda com a cabeça.

— Eu poderia passar o resto da vida tocando você dessa maneira, vendo os nossos filhos crescerem dentro de você, criando cada um deles ao seu lado, indo atrás dos nossos sonhos e fazendo-os se concretizar.

Ela ri, justamente o que eu queria. Ainda tenho que contar a Jenna que sonho em vê-la andando pelo corredor de uma igreja vindo em minha direção, em direção ao nosso futuro e à nossa vida juntos. Em breve vou contar a ela tudo sobre esse sonho. Quando der a ela a aliança que está escondida na gaveta de cima do armário, por baixo de algumas meias velhas de caçar que eu tenho. Quando eu pedir a ela para passar o resto da vida sendo a sra. Jeffrey Catron. Mas agora estou feliz simplesmente por tê-la em meus braços. E por dizer que eu a amo. E por chamá-la de minha.

Já estava na hora.

Impresso no Brasil pelo Sistema Cameron da Divisão Gráfica da
DISTRIBUIDORA RECORD DE SERVIÇOS DE IMPRENSA S.A.